PHILIPPE DRUILLET GUSTAVE FLAUBERT

SALAMMBÔ 1

CARTHAGE

MATHO

© **DARGAUD ÉDITEUR 1989**

Tous droits de traduction, de reproduction et d'adaptation strictement
réservés pour tous pays.

Dépôt légal Février 1989 - N° 4057
ISBN 2-205-03771-4
ISSN 0757-794-X

Imprimé en France en Février 1989
sur les presses de Clerc S.A. à Saint-Amand-Montrond
relié par Brun à Malesherbes
Printed in France

GUSTAVE FLAUBERT   PHILIPPE DRUILLET

Cet album a été initialement publié par les HUMANOIDES ASSOCIES,
sous une autre présentation.

PARIS • BARCELONE • BRUXELLES • LAUSANNE • LONDRES • MONTREAL • NEW YORK • STUTTGART

A Philippe Koechlin, initiateur de "Salammbô"
A David Lean pour "Lawrence d'Arabie
A Stanley Kubrick pour "2001", mes images favorites.

"Je vais écrire un roman dont l'action se passera trois siècles avant Jésus-Christ, car j'éprouve le besoin de sortir du monde moderne, où ma plume s'est trop trempée et qui d'ailleurs me fatigue autant à reproduire qu'il me dégoûte à voir."
18 mars 1857, Gustave Flaubert.

C'est Philippe Koechlin, Grand Chambellan du journal "Rock & Folk", qui chuchota à mon oreille pour la première fois le nom de Salammbô, image oubliée.

Ma première réaction fut molle, je l'avoue. Je relus le livre pour lui faire plaisir, ce diable d'homme avait gagné ! Ah ! la fière idée, j'en ai les larmes aux yeux ! Je cherchais donc à l'époque un sujet nouveau et ne trouvais rien hélas qui ne satisfasse mon délire paranoïaque, ayant quelque peu fait bander l'arc de la science-fiction en B.D. dans les années soixante-dix, je cherchais un nouveau mur à escalader. P.K. avait frappé juste, les murs de Carthage se dressent à présent devant moi.

Pourquoi Flaubert, direz-vous ? Il me fallait un grand professionnel du "scénario" et Flaubert c'est un grand ! Quant à ceux qui diront en regardant ma bande "mais où est Gustave dans tout ça ?". Je leur répondrais : dans le cimetière de Rouen ! Un mètre cinquante sous terre ! et moi je suis vivant, encore aujourd'hui du moins ! D'ailleurs citons Flaubert lui-même : "L'étude de l'habit nous fait oublier l'âme. Quant à l'archéologie, elle sera "probable". Voilà tout. Pourvu que l'on ne puisse pas me prouver que j'ai dit des absurdités, c'est tout ce que je demande."

Probable, vous avez bien dit probable, et bien moi, moi je dis S.F. *(Sciences-fiction)* mon probable à moi, mec de 1980, dessinateur de Science-fiction, mon langage contemporain et aussi celui du futur, alors je ne crois pas que Flaubert se sente trahi si j'éclaire un peu le visage de Salammbô avec un rayon laser, car j'aime passionnément ce livre sublime.

J'ai eu du mal à rentrer dans l'œuvre, une certaine crainte, cela était nouveau pour moi, pas du respect, je n'aime pas ce mot, mais peur, ce texte est tellement beau, allais-je oser ? Puis, peu à peu, cette peur laissa place à la fascination pure, merci Flaubert d'avoir écrit ce texte pour Druillet ! Carrément !

Une introduction de 25 pages avant d'entrer dans la nouvelle Carthage qui se trouve dans l'espace, car c'est Sloane qui devient Matho, nécessaire incursion de mon phantasme personnel dans l'histoire, puisque j'orchestre tout autour de Lone Sloane. L'adaptation se composera de trois albums de 53 pages, je préfère prendre mon temps pour ne pas perdre une seule miette du festin écarlate, et aussi parce que "Salammbô" est un peu l'histoire d'un monde d'aujourd'hui, un monde qui s'effondre.

Voilà donc où j'en suis, dans cette galère barbare où tour à tour le texte original de Flaubert est respecté intégralement, parfois adapté, et n'hésitons pas à plonger dans le sacrilège, suivant la nécessité totalement réécrit ! Carrément ! Comme au cinéma !... Au fil des pages, Sloane-Matho se languit de Salammbô dont il a entrevu le visage sur son ordinateur, tout comme je me languis moi-même depuis que je l'ai aperçue au détour d'un couloir, ivre de son parfum j'embrasse la trace de ses pas... avec infiniment d'amour...

Livry - la nuit. Janvier 1980, PHILIPPE DRUILLET

"Que toutes les énergies de la nature, que j'ai aspirées, me pénètrent et qu'elles s'exhalent dans mon livre. A moi, puissance de l'émotion plastique ! Résurrection du passé, à moi ! à moi ! Il faut faire, à travers le beau, vivant et vrai quand même."

GUSTAVE FLAUBERT

Musiques utilisées pour la réalisation des albums : Wagner : Tétralogie. Verdi : Requiem. Puccini : Turandot. Strauss : Salomé. Strauss : Lieder. Jim Morrison : The Doors. Les lettrages sont de Dom.

ILS AVAIENT FUI LEUR UNIVERS. CES VAUTOURS PILLAIENT LES MONDES COMME ON VIDE LES POCHES, ET AUJOURD'HUI GUETTAIENT À TRAVERS LES ÉTOILES UNE NOUVELLE PROIE À SAISIR. APRÈS LA CHUTE DE GAIL ET DE MERENNEN, L'EMPIRE S'ÉTAIT RESTRUCTURÉ EN UNE CONSTITUTION DÉMOCRATIQUE, SHAAN S'ÉTAIT ENFUI ET RÊVAIT DE RETOUR AVEC DES FORCES NOUVELLES. SLOANE, LUI, AVAIT REPRIS SON ERRANCE AVEC D'AUTRES BRUTES, FRÈRES DE SANG. IL N'AVAIT TOUJOURS PAS RETROUVÉ SON AMI YEARL. SON ESPRIT S'ÉGARAIT SOUVENT ET UN MAL NOIR LUI DÉVORAIT L'ÂME ET LE CORPS. PLUS QUE JAMAIS IL ÉTAIT L'AMI DES SOMBRES CHOSES. LE NOUVEAU VAISSEAU VIBRAIT SOUS LUI, IL AIMAIT CE PETIT MONDE DE MÉTAL ET DE LUMIÈRES, D'ODEURS, DE SONS FAMILIERS QUI LUI RAPPELAIENT "O SIDARTA". CELUI-CI S'APPELAIT "LA GRIFFE D'ARGENT". SA STRUCTURE À GÉOMÉTRIE VARIABLE EN FAISAIT UN VAISSEAU AUX MULTIPLES FORMES, VÉRITABLE FAUCON DE L'ESPACE. SA COULEUR MÊME CHANGEAIT SELON LA NÉCESSITÉ. LA DOT D'UNE PRINCESSE DU CENTRE N'AURAIT PAS SUFFI À LE PAYER. C'EST D'AILLEURS POUR CELA QU'IL L'AVAIT VOLÉ DANS LES CAVES PERSONNELLES DE SHAAN LORS DE LA PRISE DU PALAIS. LE TYRAN LUI-MÊME AVAIT VOYAGÉ À SON BORD, CE QUI N'ÉTAIT PAS POUR DÉPLAIRE À SLOANE. CE RAID ÉTAIT LA PREMIÈRE GRANDE EXPÉDITION DE LA GRIFFE D'ARGENT...

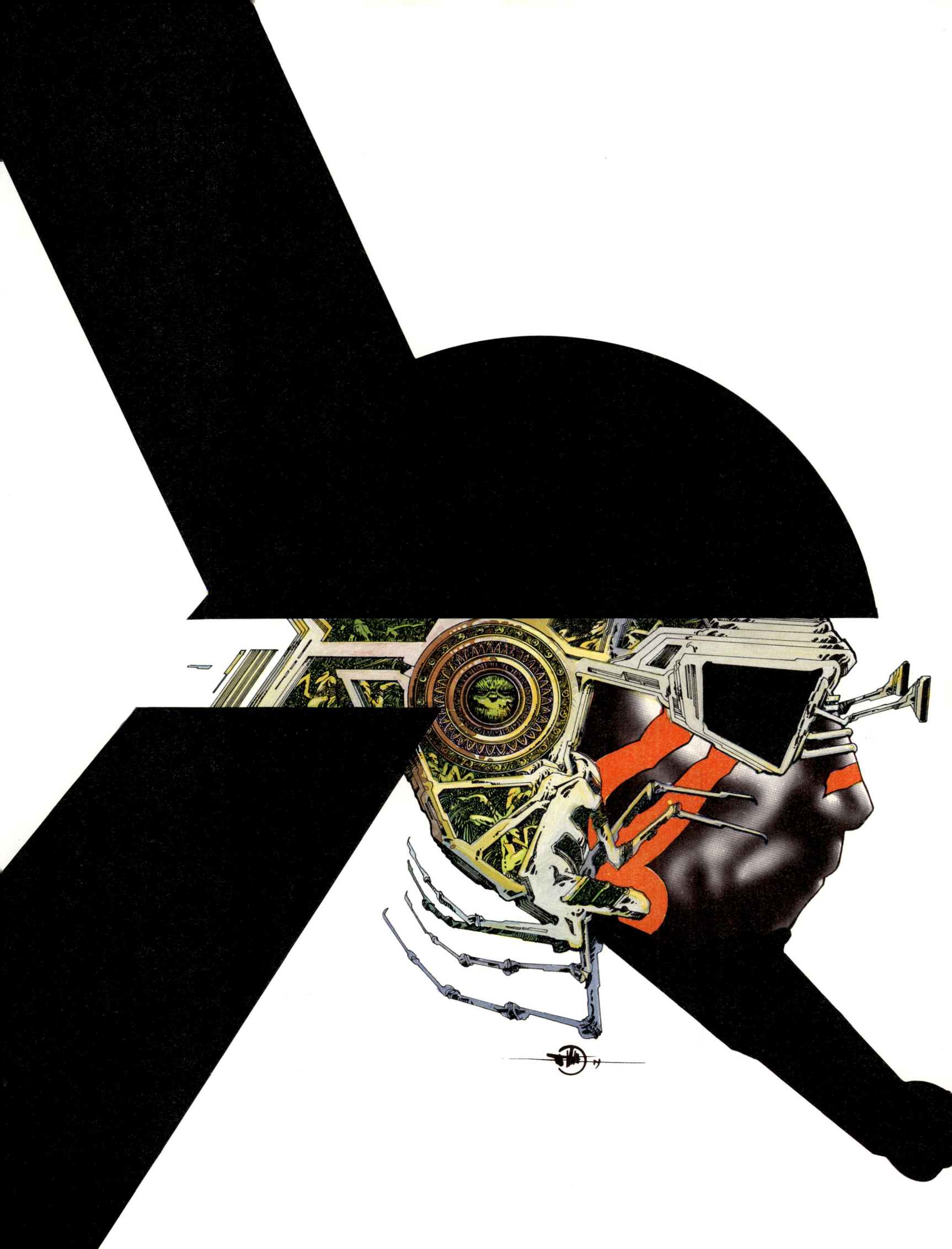

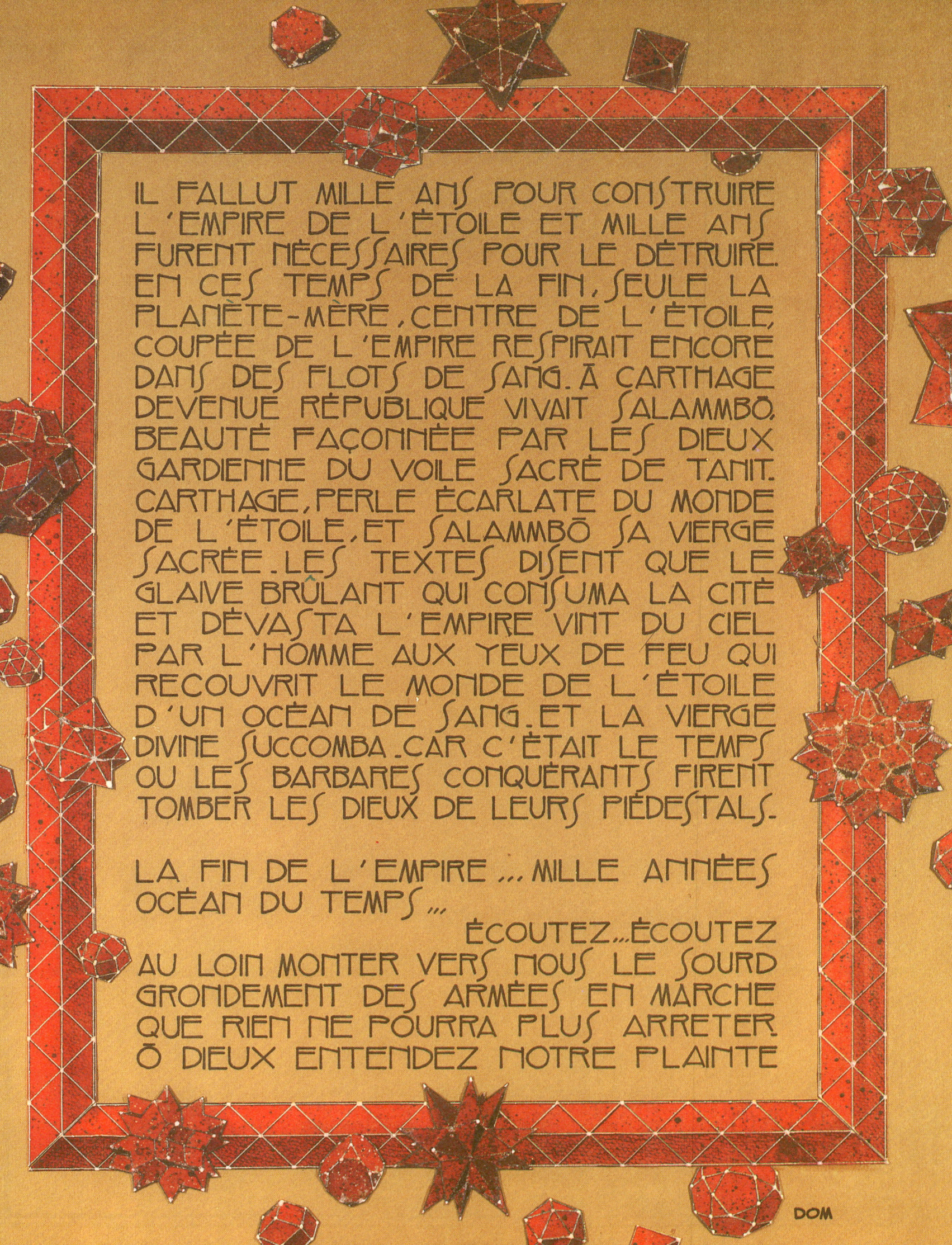

IL FALLUT MILLE ANS POUR CONSTRUIRE L'EMPIRE DE L'ÉTOILE ET MILLE ANS FURENT NÉCESSAIRES POUR LE DÉTRUIRE. EN CES TEMPS DE LA FIN, SEULE LA PLANÈTE-MÈRE, CENTRE DE L'ÉTOILE, COUPÉE DE L'EMPIRE RESPIRAIT ENCORE DANS DES FLOTS DE SANG. À CARTHAGE DEVENUE RÉPUBLIQUE VIVAIT SALAMMBÔ, BEAUTÉ FAÇONNÉE PAR LES DIEUX GARDIENNE DU VOILE SACRÉ DE TANIT. CARTHAGE, PERLE ÉCARLATE DU MONDE DE L'ÉTOILE, ET SALAMMBÔ SA VIERGE SACRÉE. LES TEXTES DISENT QUE LE GLAIVE BRÛLANT QUI CONSUMA LA CITÉ ET DÉVASTA L'EMPIRE VINT DU CIEL PAR L'HOMME AUX YEUX DE FEU QUI RECOUVRIT LE MONDE DE L'ÉTOILE D'UN OCÉAN DE SANG. ET LA VIERGE DIVINE SUCCOMBA. CAR C'ÉTAIT LE TEMPS OÙ LES BARBARES CONQUÉRANTS FIRENT TOMBER LES DIEUX DE LEURS PIÉDESTALS.

LA FIN DE L'EMPIRE... MILLE ANNÉES OCÉAN DU TEMPS...
ÉCOUTEZ... ÉCOUTEZ AU LOIN MONTER VERS NOUS LE SOURD GRONDEMENT DES ARMÉES EN MARCHE QUE RIEN NE POURRA PLUS ARRÊTER. Ô DIEUX ENTENDEZ NOTRE PLAINTE

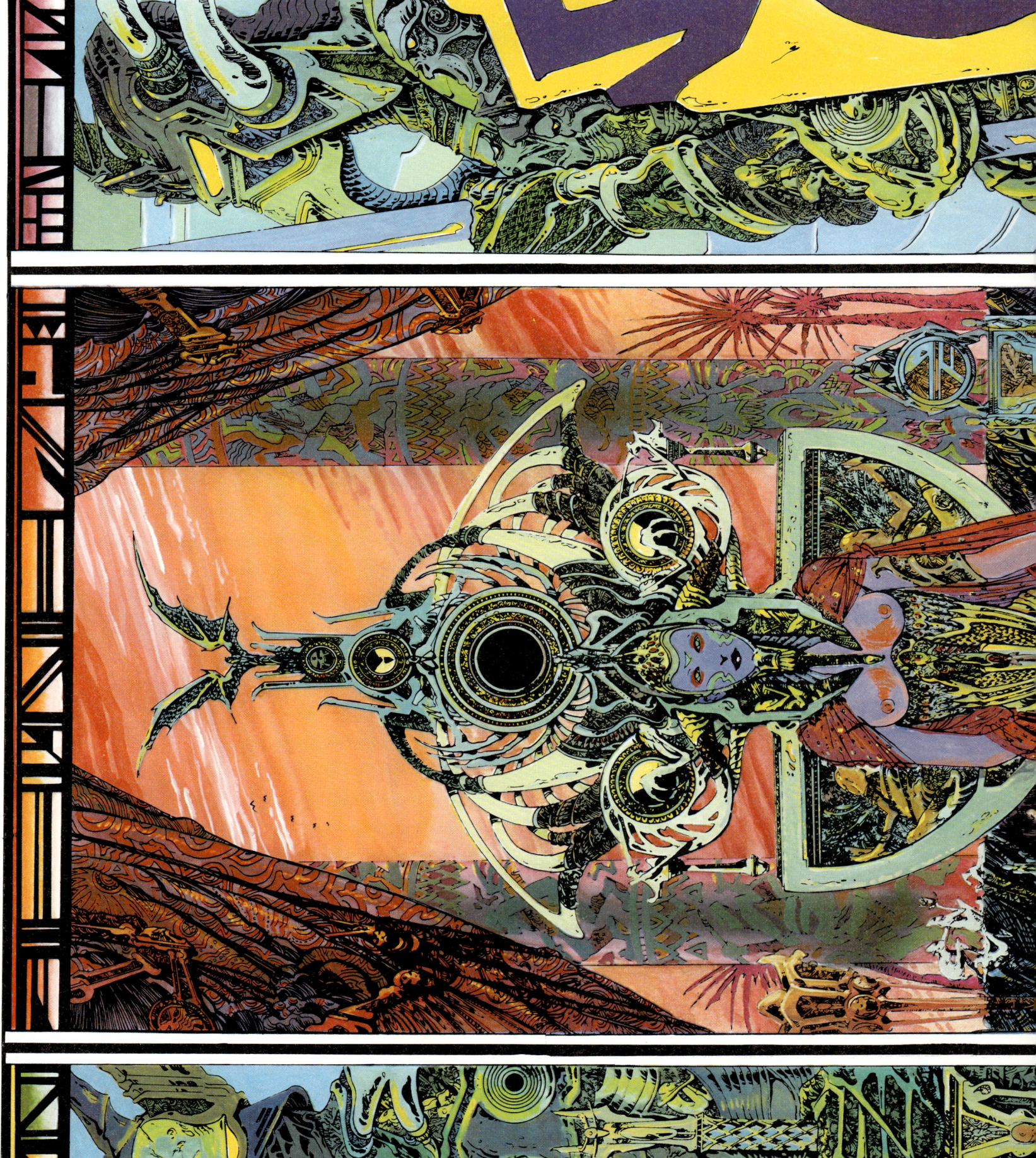

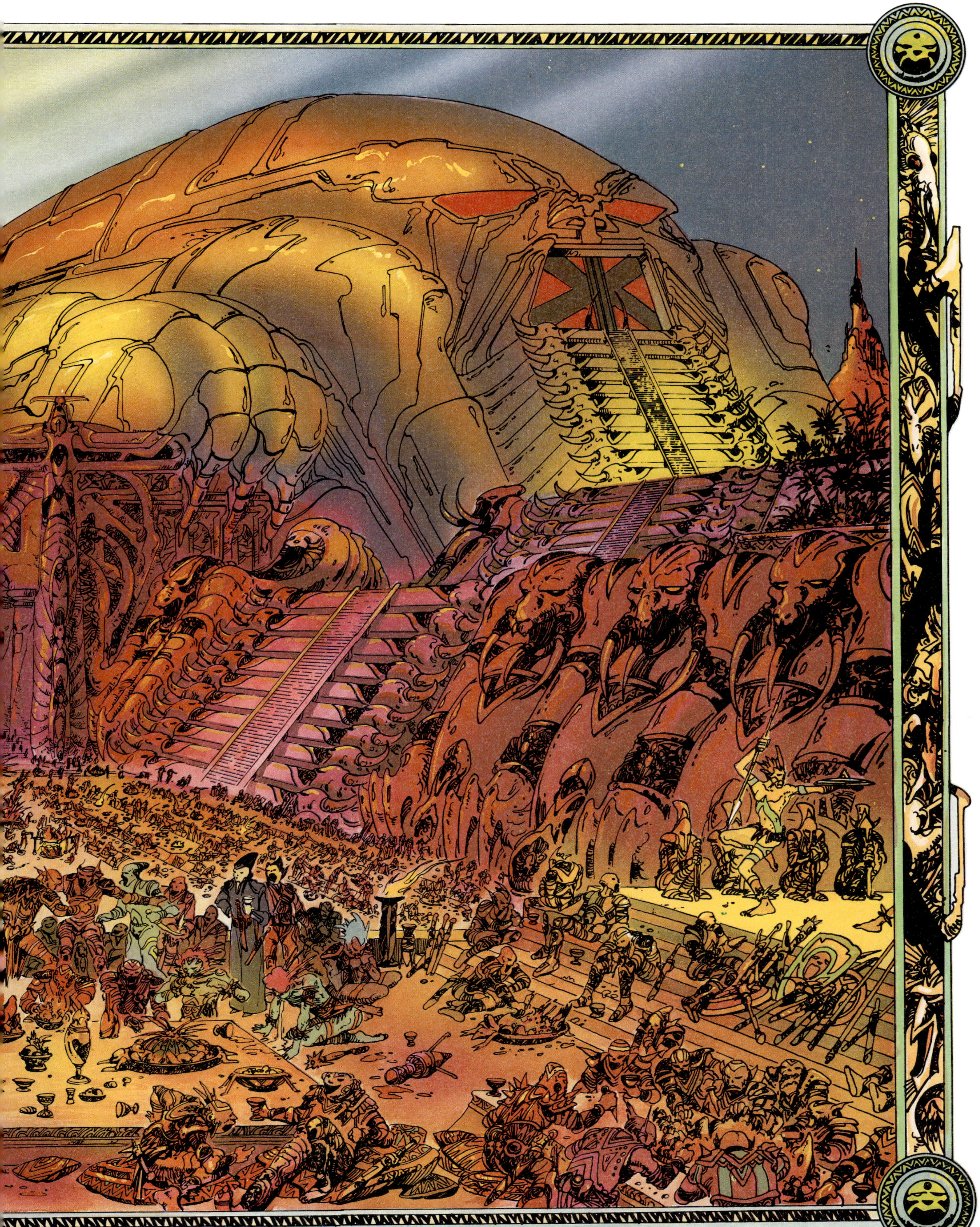

...Ils s'allongeaient sur les coussins, ils mangeaient accroupis autour de grands plateaux, ou bien, couchés sur le ventre, ils tiraient à eux les morceaux de viande et se rassasiaient, appuyés sur les coudes dans la pose pacifique des lions lorsqu'ils dépècent leur proie... Les cuisines d'Hamilcar n'étant pas suffisantes, le Conseil leur avait envoyé des esclaves, de la vaisselle, des lits, et l'on voyait au milieu du jardin, comme sur un champ de bataille quand on brûle les morts, de grands feux clairs où rôtissaient les bœufs... La nuit tombait. On retira le vélarium étalé sur l'avenue de cyprès et l'on apporta les flambeaux... A mesure qu'augmentait leur ivresse, ils se rappelaient de plus en plus l'injustice de Carthage. En effet, la République, épuisée par la guerre, avait laissé s'accumuler dans la ville toutes les bandes qui revenaient. Giscon, leur général, avait eu cependant la prudence de les renvoyer les uns après les autres pour faciliter l'acquittement de leur solde, et le Conseil avait cru qu'ils finiraient par consentir à quelque diminution. Mais on leur en voulait aujourd'hui de ne pouvoir les payer... Car ils étaient, comme Rome, un ennemi pour Carthage. Les Mercenaires le comprenaient. Aussi, leur indignation éclatait en menaces et en débordements...

...BIENTÔT ILS SE SENTIRENT SEULS MALGRÉ LEUR FOULE, ET LA GRANDE VILLE QUI DORMAIT SOUS EUX, DANS L'OMBRE, LEUR FIT PEUR, TOUT-À-COUP, AVEC SES ENTASSEMENTS D'ESCALIERS, SES HAUTES MAISONS NOIRES ET SES VAGUES DIEUX ENCORE PLUS FÉROCES QUE SON PEUPLE. DU LOIN,

QUELQUES FANAUX GLISSAIENT SUR LE PORT, ET IL Y AVAIT DES LUMIÈRES DANS LE TEMPLE DE KHAMON... UNE CLAMEUR ÉPOUVANTABLE S'ÉLEVA, ET UN VERTIGE DE DESTRUCTION TOURBILLONNA SUR L'ARMÉE IVRE. ILS FRAPPAIENT AU HASARD AUTOUR D'EUX, ILS BRISAIENT, ILS TUAIENT...

UN PUISSANT DÉSIR DE SACRILÈGE DÉFERLA SUR LA HORDE. PEUR... PEUR... DANS LA GRANDE CITÉ BÂTIE EN FORME D'ÉTOILE...

PRENDRE, TUER, MANGER... MANGER...

COMME POUR UN JEU, DANS LES BASSINS SACRÉS SOMMEILLAIENT LES PETITES CRÉATURES DE LA NUIT, INFINIMENT DIVINES... ÉTOILES DE LA FAMILLE BARCA... SA MÉMOIRE ANCESTRALE... ILS TUÈRENT ENCORE.

> DE L'OR AU FOND DES BASSINS POUR DE SALES PETITS CRAPAUDS. HA HA HA!

ILS RIAIENT ENCORE QUAND LE PALAIS S'ÉCLAIRA D'UN SEUL COUP À SA PLUS HAUTE TERRASSE. UNE FEMME, LA FILLE D'HAMILCAR ELLE-MÊME APPARUT SUR LE SEUIL PUIS CE FUT LE TEMPLE LUI-MÊME QUI S'AVANÇA VERS EUX ... LA CLAMEUR SE TUT ...

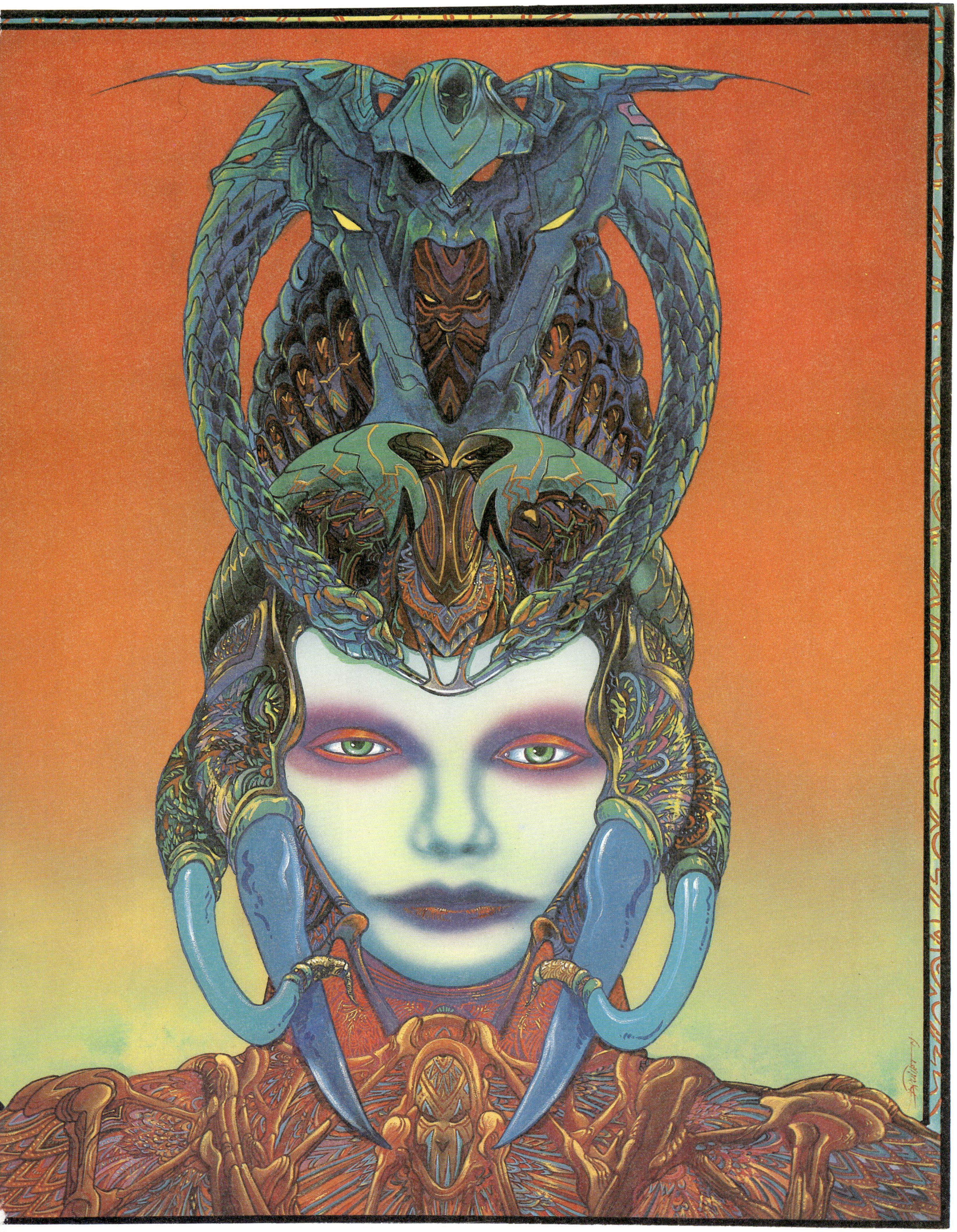

PERSONNE ENCORE NE LA CONNAISSAIT. ON SAVAIT SEULEMENT QU'ELLE VIVAIT RETIRÉE DANS DES PRATIQUES PIEUSES. DES SOLDATS L'AVAIENT APERÇUE LA NUIT SUR LE HAUT DE SON PALAIS À GENOUX DEVANT LES ÉTOILES ENTRE LES TOURBILLONS DES CASSOLETTES ALLUMÉES. C'ÉTAIT LA LUNE QUI L'AVAIT RENDUE SI PÂLE, ET QUELQUE CHOSE DES DIEUX L'ENVELOPPAIT, COMME UNE VAPEUR SUBTILE. SES PRUNELLES SEMBLAIENT REGARDER TOUT AU LOIN, AU-DELÀ DES ESPACES TERRESTRES.

MARR'HAVAS

MORTS! TOUS MORTS! VOUS NE VIENDREZ PLUS OBÉISSANT À MA VOIX, QUAND, ASSISE SUR LE BORD DU LAC, JE VOUS JETAIS DANS LA GUEULE DES PÉPINS DE PASTÈQUES! LE MYSTÈRE DE TANIT ROULAIT AU FOND DE VOS YEUX PLUS LIMPIDES QUE LES GLOBULES DES FLEUVES. VOUS LES AVEZ TUÉS, MANGÉS. QU'AVEZ-VOUS FAIT! QU'AVEZ-VOUS FAIT!

VOUS TOUS NE VOUS AI-JE POINT ASSEZ NOURRIS? OÙ ÊTES-VOUS DONC ICI? EST-CE UNE VILLE CONQUISE, OU DANS LE PALAIS D'UN MAÎTRE? ET QUEL MAÎTRE? LE SUFFÈTE HAMILCAR, MON PÈRE, SERVITEUR DES BAALS!

> AH ! PAUVRE CARTHAGE ! LAMENTABLE VILLE ! TU N'AS PLUS POUR TE DÉFENDRE LES HOMMES FORTS D'AUTREFOIS QUI BÂTISSAIENT L'UNIVERS À TA MESURE, TISSANT LES ÉTOILES, POUR EN FAIRE DES TEMPLES À LA GLOIRE DE NOS DIEUX. TOUS LES PAYS TRAVAILLAIENT AUTOUR DE TOI, ET LES PLAINES DE LA MER, LABOURÉES PAR TES RAMES BALANÇAIENT LES MOISSONS.

PUIS ELLE ENTONNA POUR EUX LES CHANTS MERVEILLEUX D'AUTREFOIS. LES SOLDATS, FASCINÉS, ADMIRAIENT LA BEAUTÉ DE SALAMMBÔ, OUBLIANT L'OBJET LÉGITIME DE LEUR COURROUX, L'ARGENT QUE LA RÉPUBLIQUE LEUR DEVAIT, PRIX DE LEUR SANG. ELLE CHANTAIT DANS UN VIEIL IDIOME CHANANÉEN QUE N'ENTENDAIENT PAS LES BARBARES. ILS SE DEMANDAIENT CE QU'ELLE POUVAIT LEUR DIRE AVEC LES GESTES EFFRAYANTS DONT ELLE ACCOMPAGNAIT SON DISCOURS. DEUX HOMMES LA REGARDAIENT PLUS INTENSÉMENT ENCORE. L'UN ÉTAIT UN PRINCE NUMIDE. IL PORTAIT L'HABIT SOMBRE DES PLANÈTES LOINTAINES. C'ÉTAIT PAR HASARD QU'IL SE TROUVAIT AU FESTIN. SON PÈRE LE FAISAIT VIVRE CHEZ LES BARCA, SELON LA COUTUME DES ROIS QUI ENVOYAIENT LEURS ENFANTS DANS LES GRANDES FAMILLES POUR PRÉPARER DES ALLIANCES. IL VOYAIT SALAMMBÔ POUR LA PREMIÈRE FOIS. IL S'APPELAIT NARR'HAVAS. L'AUTRE, NUL NE SAVAIT D'OÙ IL VENAIT. SA SCIENCE AU COMBAT ÉTAIT DEVENUE LÉGENDAIRE. ON LE CRAIGNAIT. IL ÉTAIT DEVENU LE CHEF D'UNE TRIBU MYSTÉRIEUSE AU VISAGE CASQUÉ, PLUS BARBARE ENCORE QUE LES AUTRES TUEURS. ILS NE PRENAIENT JAMAIS DE NOURRITURE ET LEUR ODEUR ÉTAIT DÉSAGRÉABLE. ILS AIMAIENT COMBATTRE SURTOUT LA NUIT, PRÉFÉRANT LEURS DENTS AUX ARMES DE L'ANCIENNE CARTHAGE, QUI VIDÉES DE LEUR ÉNERGIE ÉTAIENT DEVENUES DE REDOUTABLES MASSUES. LEURS ARMURES PORTAIENT, INCRUSTÉE, LES TÊTES MOMIFIÉES DE LEURS ENNEMIS VAINCUS. CET HOMME MYSTÉRIEUX SE FAISAIT APPELER MATHO, MAIS L'ÉCLAT PARTICULIER DE SON REGARD LE FAISAIT AUSSI NOMMER "YEUX ROUGES". DANS UN AUTRE UNIVERS SON NOM VÉRITABLE ÉTAIT SLOANE. SALAMMBÔ SE TUT.

> POUR VOUS J'AI CHANTÉ LA LÉGENDE DE CARTHAGE L'IMMORTELLE, PUIS PRONONCÉ LES PAROLES SACRÉES DE L'APAISEMENT... ET TOI... TOI, GUERRIER AUX YEUX DE FEU... BOIS !

> LES DIEUX TE PROTÈGENT. TU VAS DEVENIR RICHE. À QUAND LES NOCES ?

> QUELLES NOCES ?

> LES TIENNES ! CAR CHEZ NOUS LORSQU'UNE FEMME FAIT BOIRE UN SOLDAT, C'EST QU'ELLE LUI OFFRE SA COUCHE.

ŒIL DE BAAL !!!

SALAMMBÔ!

— SEIGNEUR !

— VA T'EN... L'ENTREVOIR ET LA PERDRE AUSSITÔT.

— JE M'APPELLE SPENDIUS, SEIGNEUR, ET SUIS UN ESCLAVE. ÉCOUTE, MAÎTRE. OH ! NE ME MÉPRISE PAS POUR MA FAIBLESSE ! J'AI VÉCU DANS LE PALAIS. JE PEUX, COMME UNE VIPÈRE, ME COULER ENTRE LES MURS. VIENS ! IL Y A DANS LA CHAMBRE DES ANCÊTRES UN LINGOT D'OR SOUS CHAQUE DALLE. UNE VOIE SOUTERRAINE CONDUIT À LEURS TOMBEAUX.

— EH QU'IMPORTE !

MAIS UNE BARRE LUMINEUSE S'ÉLEVA DU CÔTÉ DE L'ORIENT. À GAUCHE, TOUT EN BAS, LES CANAUX DE MÉGARA COMMENÇAIENT À RAYER DE LEURS SINUOSITÉS BLANCHES LES VERDURES DES JARDINS. LE SOLEIL SE LEVAIT SUR LA VILLE DU MONDE DE L'ÉTOILE.

SPENDIUS : — AH ! OUI... MAÎTRE ! JE COMPRENDS POURQUOI TU DÉDAIGNAIS TOUT À L'HEURE LE PILLAGE DE LA MAISON. CARTHAGE ! AH ! QUELLES RICHESSES ! ET LES HOMMES QUI LES POSSÈDENT N'ONT MÊME PAS DE FER POUR LES DÉFENDRE !

MATHO : — OÙ EST-ELLE ?

SPENDIUS : — TIENS ! LA RÉPUBLIQUE EST COMME CES MISÉRABLES : COURBÉE AU BORD DES OCÉANS, ELLE ENFONCE DANS TOUS LES RIVAGES SES BRAS AVIDES, ET LE BRUIT DES FLOTS EMPLIT TELLEMENT SON OREILLE QU'ELLE N'ENTENDRAIT PAS VENIR PAR DERRIÈRE LE TALON D'UN MAÎTRE ! MAIS ICI IL Y A DES HOMMES FORTS DONT LA HAINE EST EXASPÉRÉE ! ET RIEN NE LES RATTACHE À CARTHAGE, NI LEURS FAMILLES, NI LEURS SERMENTS, NI LEURS DIEUX !

NOUS SOMMES DES MILLIERS, "YEUX ROUGES" ET ILS N'ONT PLUS D'ARMÉE. POUR UNE FOIS, NOUS PLONGERONS NOS MAINS AU FOND DU COFFRE. NOUS N'AVONS RIEN À ATTENDRE D'AUTRE DE NOS MAÎTRES, ORMIS LES COUPS, LES LARMES ET LE SANG, CE SANG MÊME QUE L'ON REFUSE DE NOUS PAYER. QUI T'EMPÊCHE, MAÎTRE, DE SAISIR CE FRUIT MÛR ? HAMILCAR EST ABSENT. LE PEUPLE EXÈCRE LES RICHES, MAIS TU ES BRAVE TOI ! ILS T'OBÉIRONT. COMMANDE-LES ! CARTHAGE EST À NOUS ! JETONS-NOUS-Y !

MATHO : — NON ! LA MALÉDICTION DE MOLOCH PÈSE SUR MOI. JE L'AI SENTI À SES YEUX. ET TOUT À L'HEURE J'AI VU DANS UN TEMPLE UN BÉLIER NOIR QUI RECULAIT. OÙ EST-ELLE ?

LES YEUX DE MATHO SCRUTAIENT L'HORIZON. SOULEVANT UN NUAGE DE POUSSIÈRE ET D'OR LUMINEUX UN CHAR DE SABLE S'ENFUYAIT AU LOIN. DEUX FEMMES ÉTAIENT ASSISES. MATHO LA RECONNUT. UN GRAND VOILE, PAR DERRIÈRE, FLOTTAIT AU VENT.

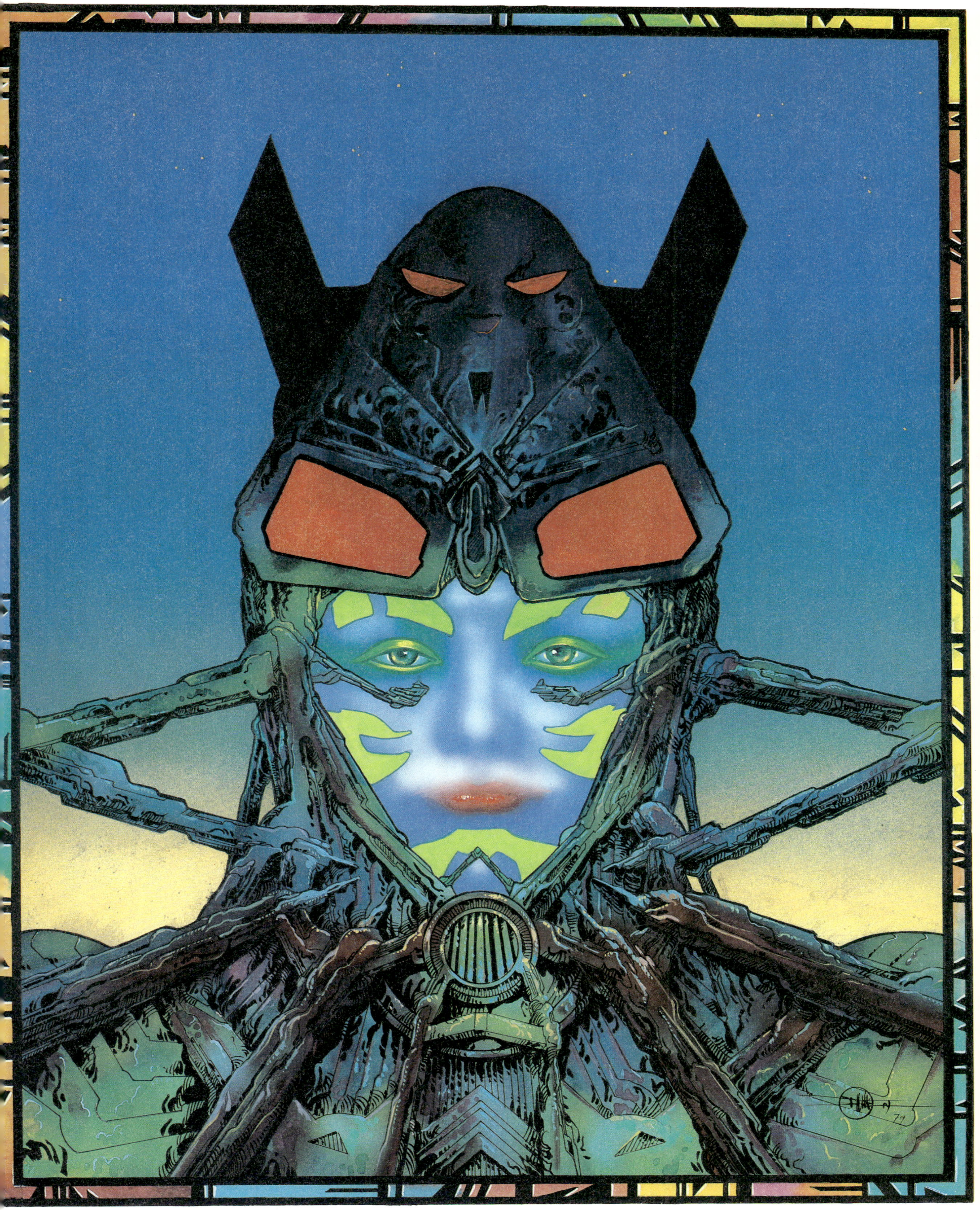

A
SICCA

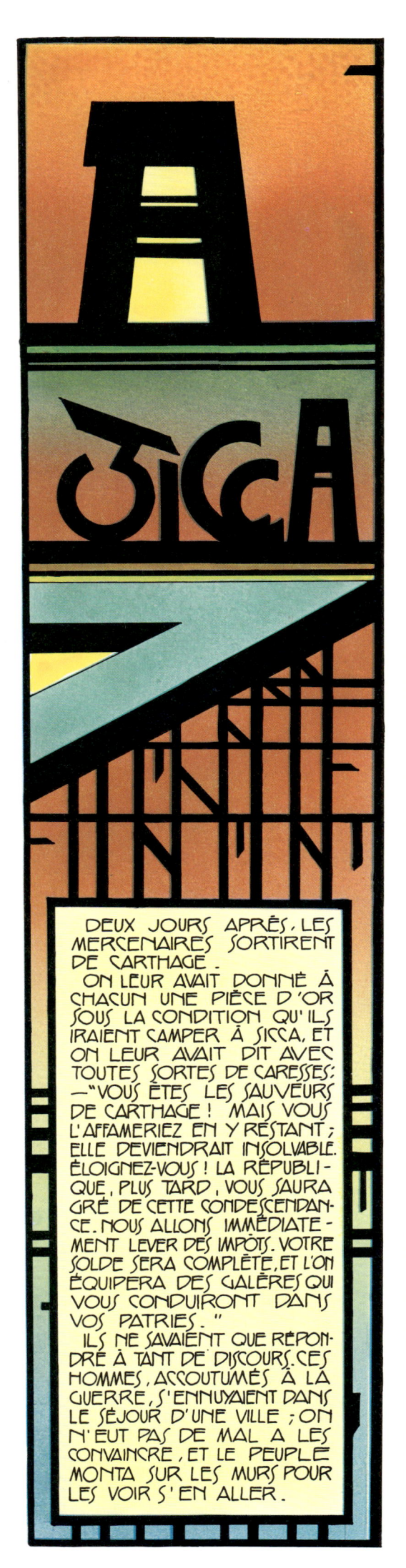

Deux jours après, les mercenaires sortirent de Carthage.
On leur avait donné à chacun une pièce d'or sous la condition qu'ils iraient camper à Sicca, et on leur avait dit avec toutes sortes de caresses :
— "Vous êtes les sauveurs de Carthage ! Mais vous l'affameriez en y restant ; elle deviendrait insolvable. Éloignez-vous ! La République, plus tard, vous saura gré de cette condescendance. Nous allons immédiatement lever des impôts. Votre solde sera complète, et l'on équipera des galères qui vous conduiront dans vos patries."
Ils ne savaient que répondre à tant de discours, ces hommes, accoutumés à la guerre, s'ennuyaient dans le séjour d'une ville ; on n'eut pas de mal à les convaincre, et le peuple monta sur les murs pour les voir s'en aller.

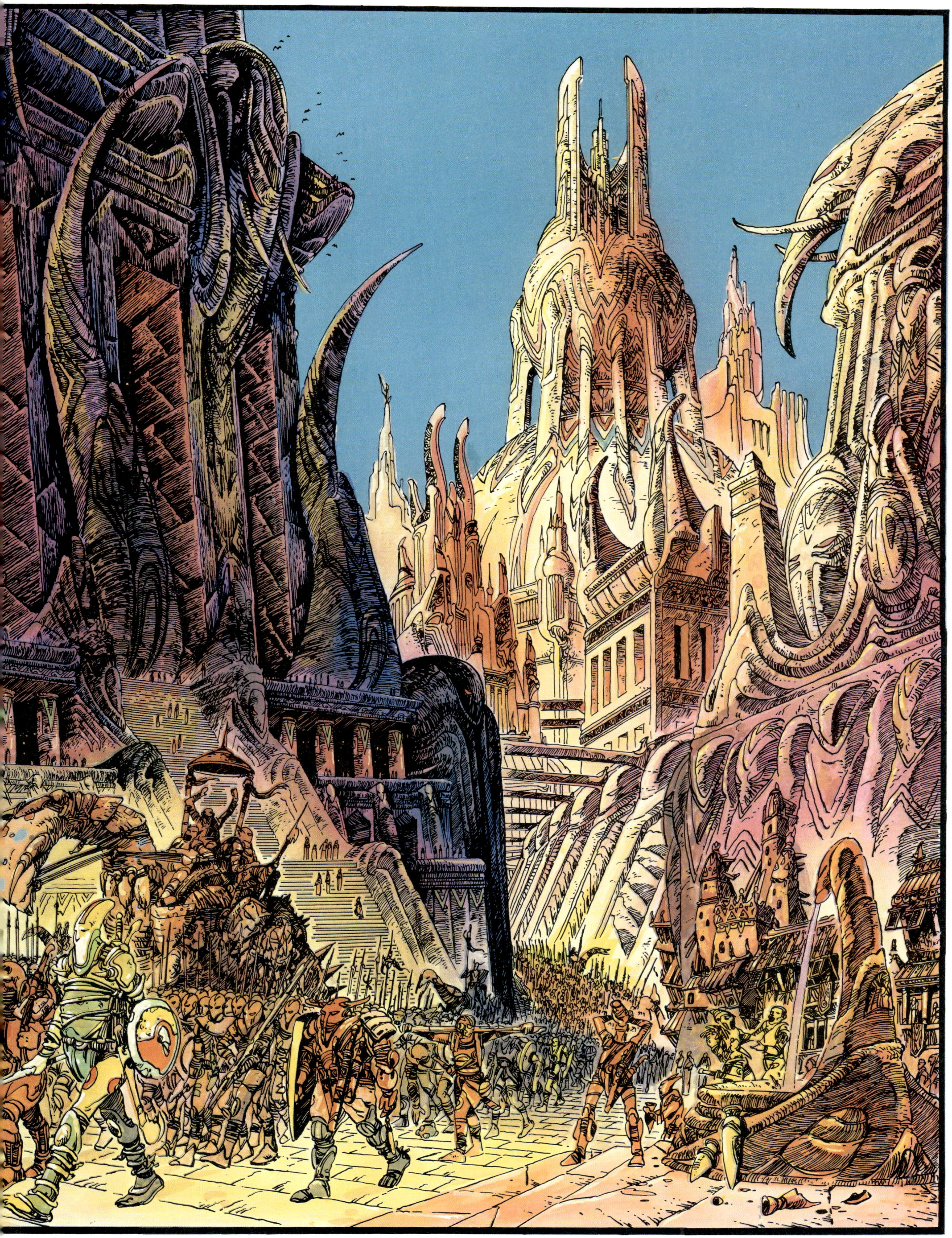

AVEC MA LANCE ET MON ÉPÉE, JE LABOURE ET JE MOISSONNE. C'EST MOI QUI SUIS LE MAÎTRE DE LA MAISON! L'HOMME DÉSARMÉ TOMBE À MES GENOUX ET M'APPELLE SEIGNEUR ET GRAND ROI.

ILS ÉTAIENT HEUREUX DE SE RETROUVER COMME AUTREFOIS. UN GRAND CRI RETENTIT DERRIÈRE EUX.
   ILS CRURENT QUE QUELQUES-UNS D'ENTRE EUX, RESTÉS DANS LA VILLE (CAR ILS NE SAVAIENT PAS LEUR NOMBRE) S'AMUSAIENT À PILLER UN TEMPLE. ILS RIRENT BEAUCOUP À CETTE IDÉE PUIS CONTINUÈRENT LEUR CHEMIN. LES MURS DE CARTHAGE S'ÉLOIGNAIENT. BIENTÔT ILS DISPARURENT. L'ARMÉE TOUTE ENTIÈRE SE RÉPANDIT SUR LA LARGEUR DE L'ISTHME.

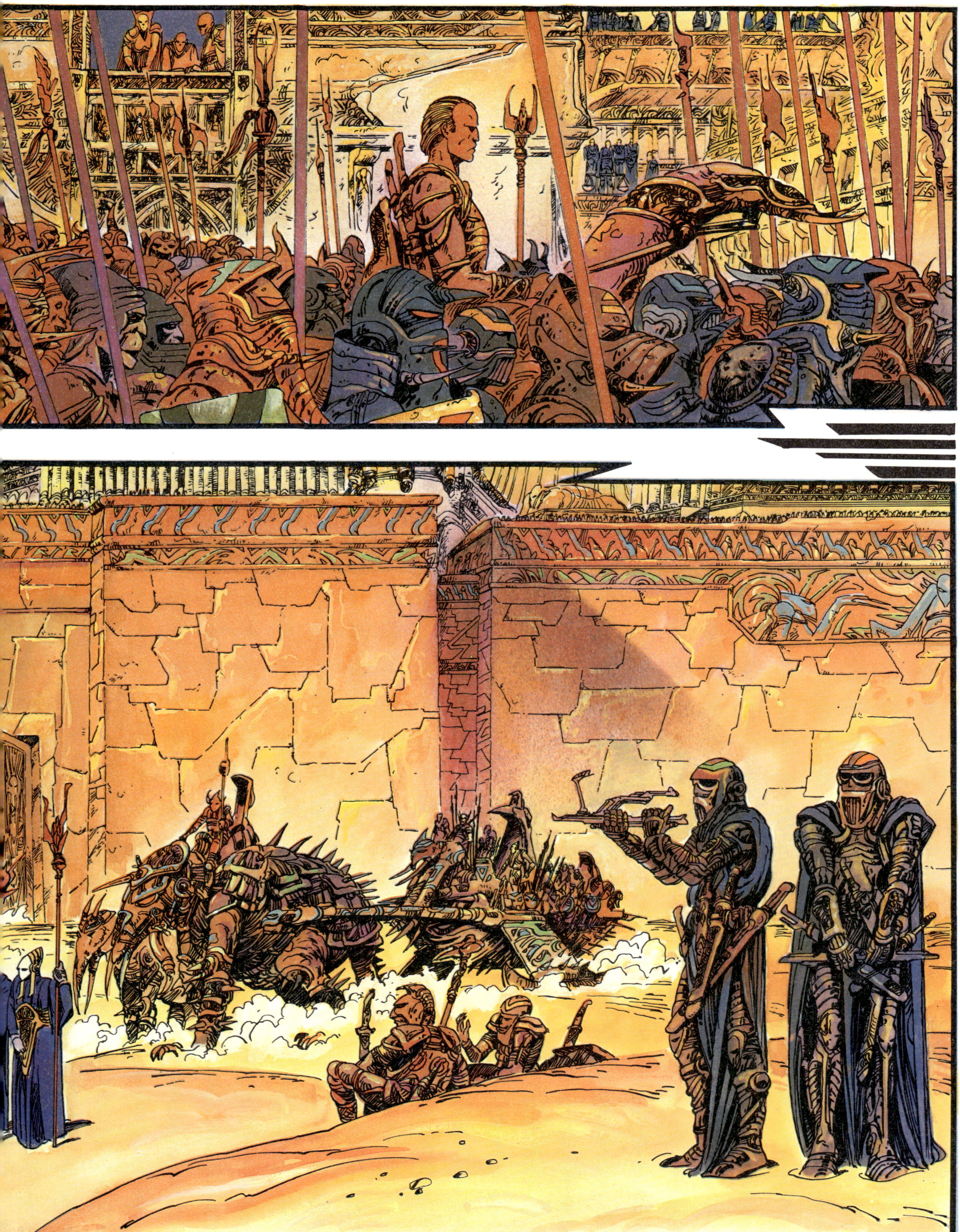

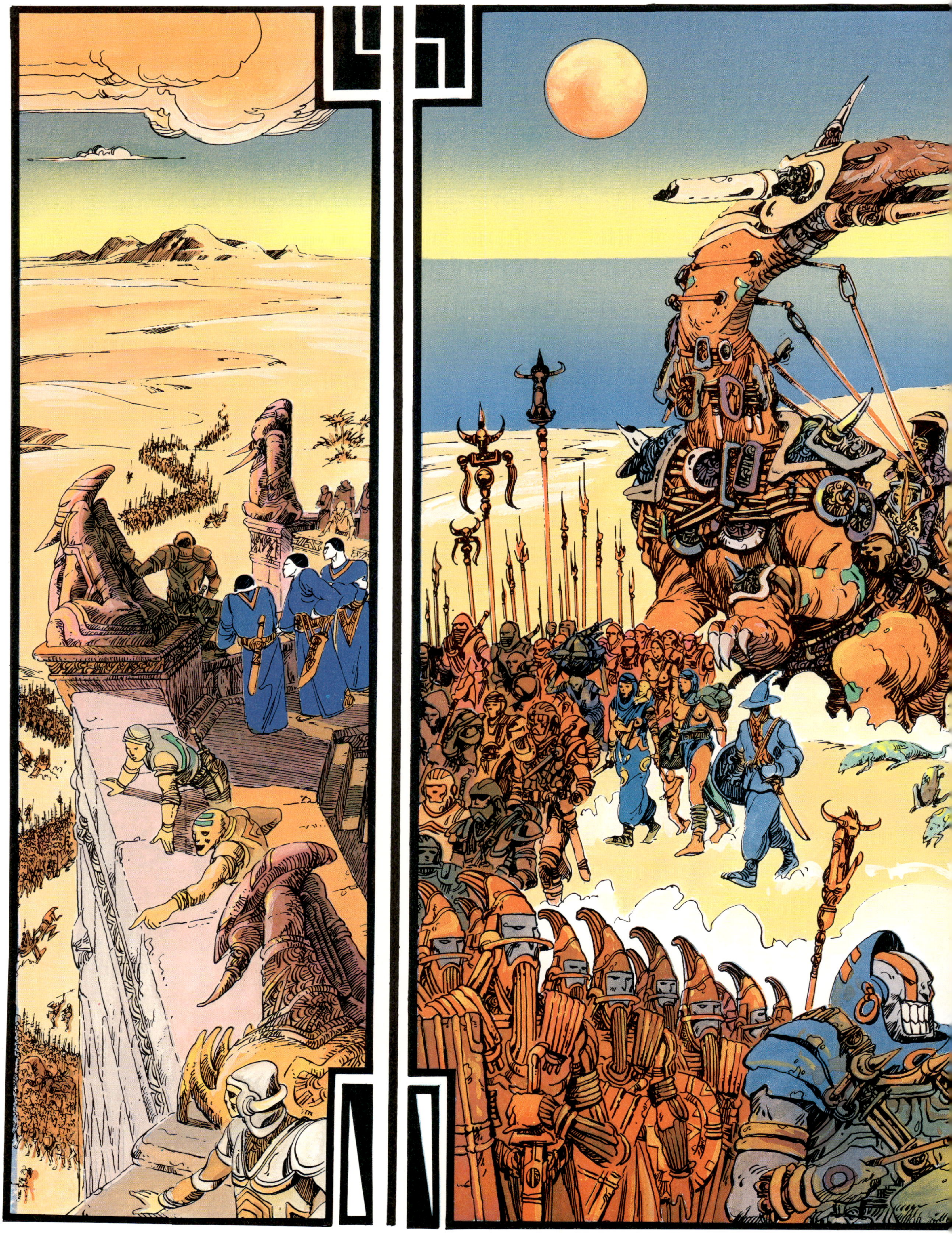

> SPENDIUS LUI PARLA DE SES VOYAGES, DES PEUPLES ET DES TEMPLES QU'IL AVAIT VISITÉS, ET IL CONNAISSAIT BEAUCOUP DE CHOSES ; IL SAVAIT FAIRE DES SANDALES, DES ÉPIEUX, DES FILETS, APPRIVOISER LES BÊTES FAROUCHES ET CUIRE DES POISSONS... CES RÉCITS AMUSAIENT YEUX-ROUGES.

> ILS TRAVERSÈRENT LE DÉSERT QUI BORDE LES PLAINES FERTILES POUR ALLER À SICCA ATTENDRE L'AMBASSADEUR DE CARTHAGE ET L'OR PROMIS. LA ROUTE ÉTAIT LONGUE ET DOULOUREUSE SOUS LE SOLEIL BRÛLANT DU MONDE DE L'ÉTOILE. MATHO ET SPENDIUS DEVENAIENT PEU À PEU AMIS. PENDANT TOUTE LA ROUTE, IL RESTA PRÈS DE MATHO ; IL LUI APPORTAIT À MANGER, IL LE SOUTENAIT POUR DESCENDRE, IL ÉTENDAIT UN TAPIS, LE SOIR, SOUS SA TÊTE. MATHO FINIT PAR S'ÉMOUVOIR DE CES PRÉVENANCES, ET PEU À PEU IL DESSERA LES LÈVRES.

— J'AI MÊME FAIT COMMERCE DE FEMMES ! AH HEUREUX TEMPS DE MA RICHESSE... GUERRIER, MARCHAND, ESCLAVE, J'AI TOUT CONNU, MATHO, TOUT ! ET J'AI ENCORE FAIM !

— SPENDIUS ! VENTRE RAGE !

ILS PARTIRENT DÈS L'AUBE. CEPENDANT, LA ROUTE S'ALLONGEAIT SANS JAMAIS EN FINIR À L'EXTRÉMITÉ D'UNE PLAINE, TOUJOURS ON ARRIVAIT SUR UN PLATEAU DE FORME RONDE ; PUIS ON REDESCENDAIT DANS UNE VALLÉE, ET LES MONTAGNES QUI SEMBLAIENT BOUCHER L'HORIZON, À MESURE QUE L'ON APPROCHAIT D'ELLES, SE DÉPLAÇAIENT COMME EN GLISSANT.

UN CRI JAILLIT DE LA GORGE D'UN NOMADE BLEU.

DRAGONS DES SABLES !

DRAGONS DES SABLES, DÉVASTATEURS DE RÉCOLTES ET TUEURS DE BÉTAIL. AINSI SE VENGEAIENT LES PAYSANS CARTHAGINOIS QUAND ILS AVAIENT PRIS QUELQUE BÊTE FÉROCE. ILS ESPÉRAIENT PAR CET EXEMPLE TERRIFIER LES AUTRES. LES BARBARES TOMBÈRENT DANS UN LONG ÉTONNEMENT. "QUEL EST CE PEUPLE", PENSAIENT-ILS, "QUI S'AMUSE À CRUCIFIER DES DRAGONS !" ILS ÉTAIENT, D'AILLEURS, LES HOMMES DU NORD SURTOUT, VAGUEMENT INQUIETS, TROUBLÉS, MALADES DÉJÀ. ILS SE DÉCHIRAIENT LES MAINS AUX DARDS DES ALOÈS. DE GRANDS MOUSTIQUES BOURDONNAIENT À LEURS OREILLES, ET LES DYSSENTERIES COMMENÇAIENT DANS L'ARMÉE. ILS S'ENNUYAIENT DE NE PAS VOIR SICCA. ILS AVAIENT PEUR DE SE PERDRE ET D'ATTEINDRE LE DÉSERT, LA CONTRÉE DES SABLES ET DES ÉPOUVANTEMENTS. BEAUCOUP MÊME NE VOULAIENT PLUS AVANCER. D'AUTRES REPRIRENT LE CHEMIN DE CARTHAGE.

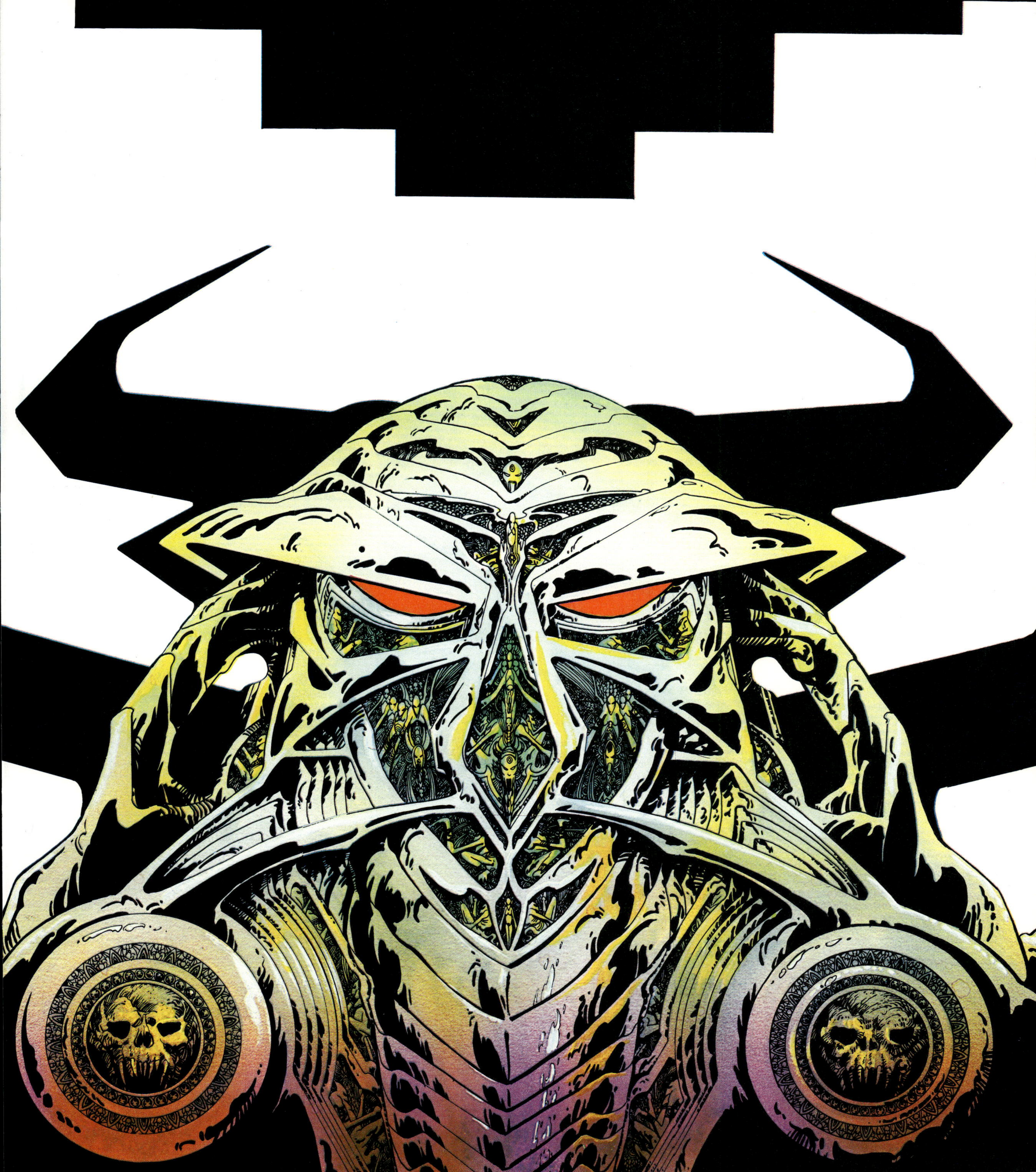

ENFIN LE SEPTIÈME JOUR, APRÈS AVOIR SUIVI PENDANT LONGTEMPS LA BASE D'UNE MONTAGNE, ON TOURNA BRUSQUEMENT À DROITE; ALORS APPARUT UNE LIGNE DE MURAILLES POSÉE SUR DES ROCHES BLANCHES ET SE CONFONDANT AVEC ELLES. SOUDAIN LA VILLE ENTIÈRE SE DRESSA.

BIEN QUE SICCA FÛT UNE VILLE SACRÉE, ELLE NE POUVAIT CONTENIR UNE TELLE MULTITUDE; LE TEMPLE AVEC SES DÉPENDANCES EN OCCUPAIT SEUL, LA MOITIÉ. AUSSI, LES BARBARES S'ÉTABLIRENT DANS LA PLAINE TOUT À LEUR AISE, CEUX QUI ÉTAIENT DISCIPLINÉS PAR TROUPES RÉGULIÈRES, ET LES AUTRES, PAR NATIONS OU D'APRÈS LEUR FANTAISIE.

UN SOIR QUE MÂTHO ET SPENDIUS TRAVERSAIENT ENSEMBLE LES RUES DU CAMP, ILS APERÇURENT DES HOMMES COUVERTS DE MANTEAUX BLANCS ; PARMI EUX SE TROUVAIT NARR'HAVAS LE PRINCE DES NUMIDES. MÂTHO TRESSAILLIT.

TON ÉPÉE ! JE VEUX LE TUER !

PAS ENCORE ! ATTENDS DE SAVOIR CE QU'IL VEUT !

PARDONNE MON GESTE, MÂTHO. L'IVRESSE DU FESTIN M'AVAIT RENDU FOU. MOI AUSSI JE HAIS PROFONDÉMENT CARTHAGE, ET DÉSIRE QUE LA PAIX SOIT ENTRE NOUS. OUBLIONS TOUT CELA, MÂTHO, ET CHASSONS ENSEMBLE COMME DEUX FRÈRES.

J'ACCEPTE CES PAROLES DE PAIX, NARR'HAVAS. SOIS DONC LE BIENVENU.

LES NUITS DE MÂTHO ÉTAIENT TERRIBLES ; HANTÉ PAR L'IMAGE DE SALAMMBÔ, IL DIVAGUAIT.

ET TU VIENS POUR NOUS TRAHIR, OU BIEN TRAHIR LA RÉPUBLIQUE. NOUS TE SERONS GRÉ, NUMIDE, DE TES PERFIDIES PRÉSENTES ET À VENIR.

_ MÂTHO : "ÉCOUTE ! C'EST UNE COLÈRE DES DIEUX ! LA FILLE D'HAMILCAR ME POURSUIT ! J'EN AI PEUR, SPENDIUS ! PARLE-MOI ! JE SUIS MALADE ! JE VEUX GUÉRIR ! J'AI TOUT ESSAYÉ ! MAIS TOI, TU SAIS PEUT-ÊTRE DES DIEUX PLUS FORTS OU QUELQUE INVOCATION IRRÉSISTIBLE ?"
_ SPENDIUS : "POUR QUOI FAIRE ?"
_ MÂTHO : "POUR M'EN DÉBARRASSER !"
_ SPENDIUS : "SI ELLE N'ÉTAIT PAS LA FILLE D'HAMILCAR...
_ MÂTHO : "NON ! ELLE N'A RIEN D'UNE AUTRE FILLE DES HOMMES ! AS-TU VU SES GRANDS YEUX SOUS SES GRANDS SOURCILS, COMME DES SOLEILS SOUS DES ARCS DE TRIOMPHE ? RAPPELLE-TOI ; QUAND ELLE A PARU, TOUS LES FLAMBEAUX ONT PÂLI. ENTRE LES DIAMANTS DE SON COLLIER, DES PLACES SUR SA POITRINE NUE RESPLENDISSAIENT ; ON SENTAIT DERRIÈRE ELLE COMME L'ODEUR D'UN TEMPLE, ET QUELQUE CHOSE S'ÉCHAPPAIT DE TOUT SON ÊTRE QUI ÉTAIT PLUS SUAVE QUE LE VIN ET PLUS TERRIBLE QUE LA MORT. ELLE MARCHAIT CEPENDANT, ET PUIS ELLE S'EST ARRÊTÉE."

> TU SOUFFRES ? QUE TE FAUT-IL ? RÉPONDS-MOI, MAÎTRE !

> ENVOÛTEMENT... ...MAGIE... SOMBRE...

MAIS JE LA VEUX ! IL ME LA FAUT ! J'EN MEURS ! À L'IDÉE DE L'ÉTREINDRE DANS MES BRAS, UNE FUREUR DE JOIE M'EMPORTE, ET CEPENDANT JE LA HAIS, SPENDIUS ! JE VOUDRAIS LA BATTRE ! QUE FAIRE ? J'AI ENVIE DE ME VENDRE POUR DEVENIR SON ESCLAVE. TU L'AS ÉTÉ, TOI ! TU POUVAIS L'APERCEVOIR : PARLE-MOI D'ELLE ! TOUTES LES NUITS, N'EST-CE PAS, ELLE MONTE SUR LA TERRASSE DE SON PALAIS ? AH ! LES PIERRES DOIVENT FRÉMIR SOUS SES SANDALES ET LES ÉTOILES SE PENCHER POUR LA VOIR ! JE LA VEUX, SPENDIUS ! JE LA VEUX !!

FIN DU PREMIER VOLUME

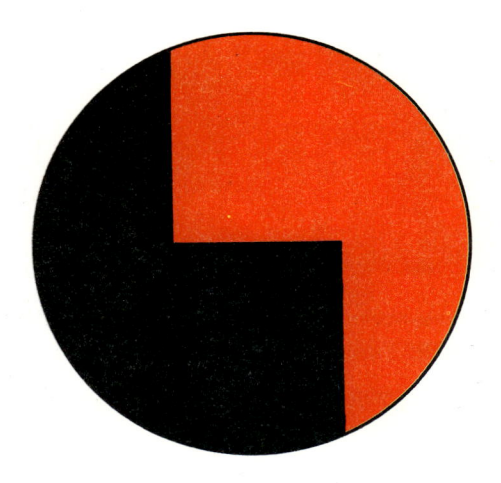

© **DARGAUD ÉDITEUR 1989**

Tous droits de traduction, de reproduction et d'adaptation strictement
réservés pour tous pays.

Dépôt légal Février 1989 - N° 4057
ISBN 2-205-02058-7
ISSN 0758-4571

Imprimé en France en Février 1989
sur les presses de Clerc S.A. à Saint-Amand-Montrond
relié par Brun à Malesherbes
Printed in France

Histoires FANTASTIQUES

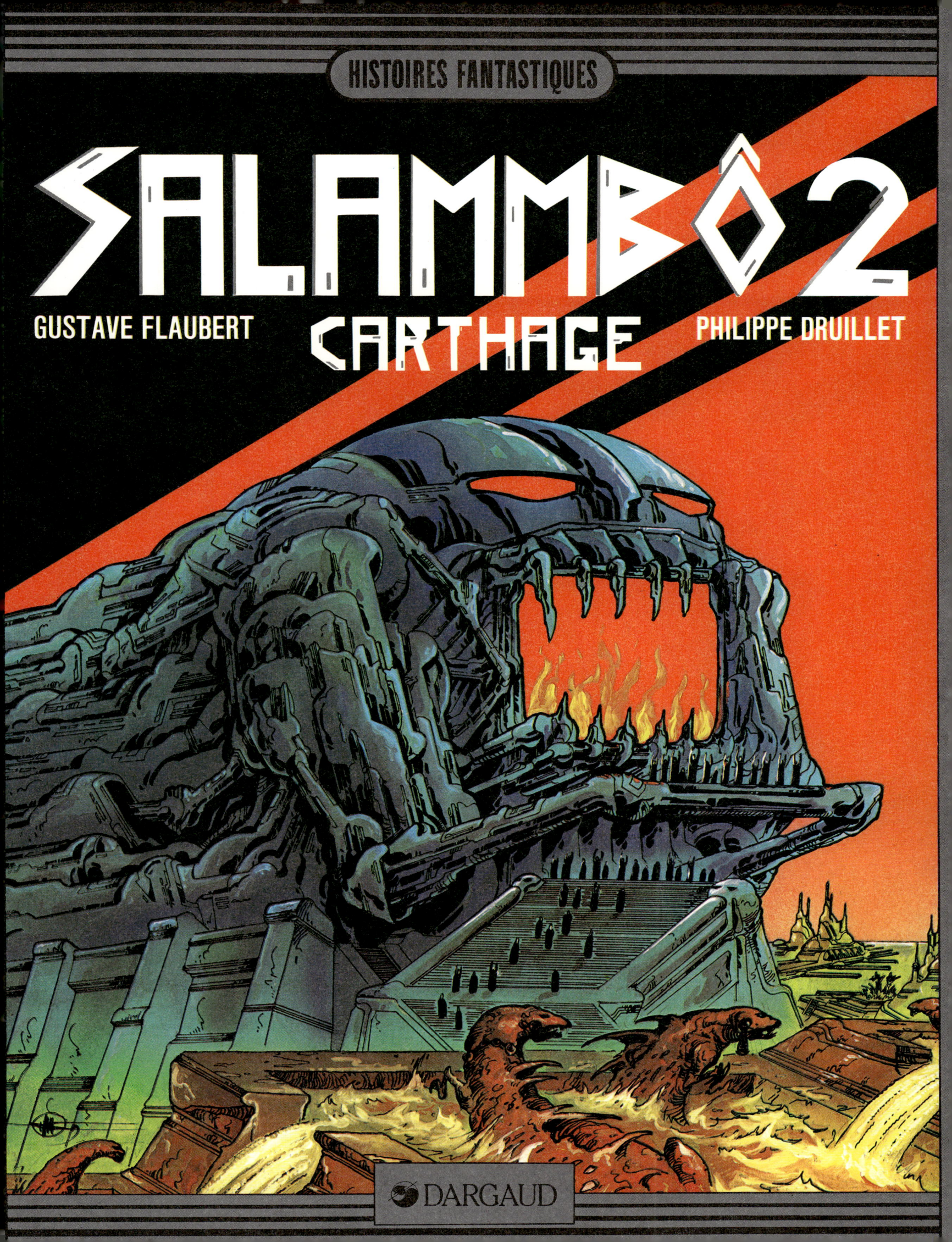

SALAMMBÔ 2

GUSTAVE FLAUBERT — CARTHAGE — PHILIPPE DRUILLET

DARGAUD

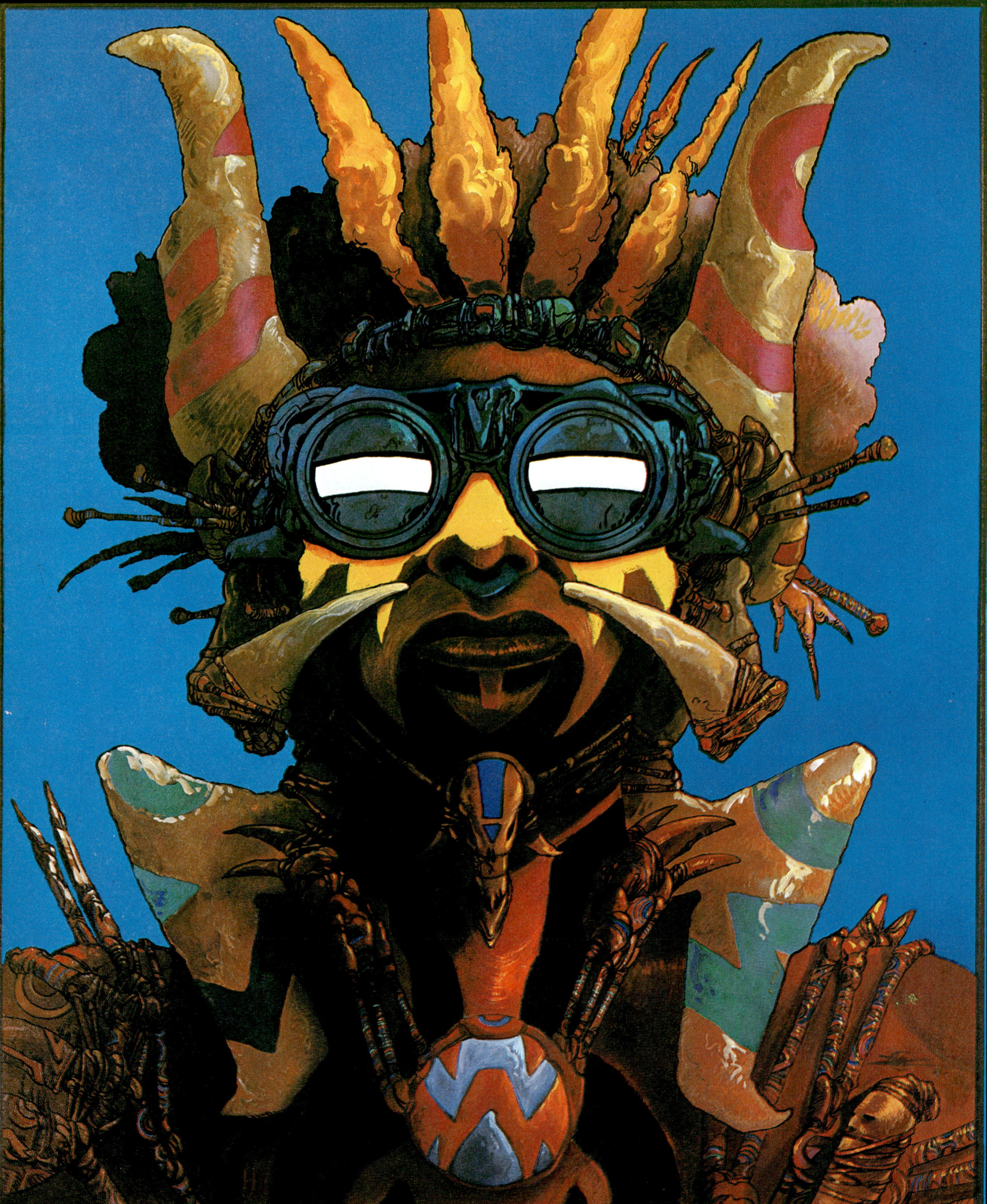

GUSTAVE FLAUBERT   PHILIPPE DRUILLET

SALAMMBÔ 2

DARGAUD ● EDITEUR

PARIS • BARCELONE • BRUXELLES • LAUSANNE • LONDRES • MONTREAL • NEW YORK • STUTTGART

Je ne sais comment lire Druillet. Depuis longtemps ses livres ont fasciné mes heures. On les feuillette, on les retourne, on regarde les plus infimes détails d'un dessin. Puis on revient au texte en apparence secondaire au regard de la magique imagination, de la méticuleuse fantaisie, de la délirante précision du graphisme, des couleurs et des formes.
Aujourd'hui Druillet rencontre Flaubert et, comme lui, se sert de l'histoire de Salammbô pour méditer sur notre temps. Flaubert avait pris le prétexte de cette étrange guerre pour méditer sur la décadence des cultures, pour nous donner en contrepoint accès à la magie des mots.
Druillet fait de même en renversant tout. La liberté change de camp, elle est chez les barbares. Le temps change de sens, c'est du futur que viennent les envahisseurs. En cela, il parle à notre temps, c'est de nos villes qu'il décrit les angoisses, de nos errances qu'il annonce les avènements.
Narr'havas et Matho portent nos rebellions et nos tendresses, nos violences et nos ambitions.
Puisse le siège de Carthage annoncer la libération de nos rêves.

Jacques Attali

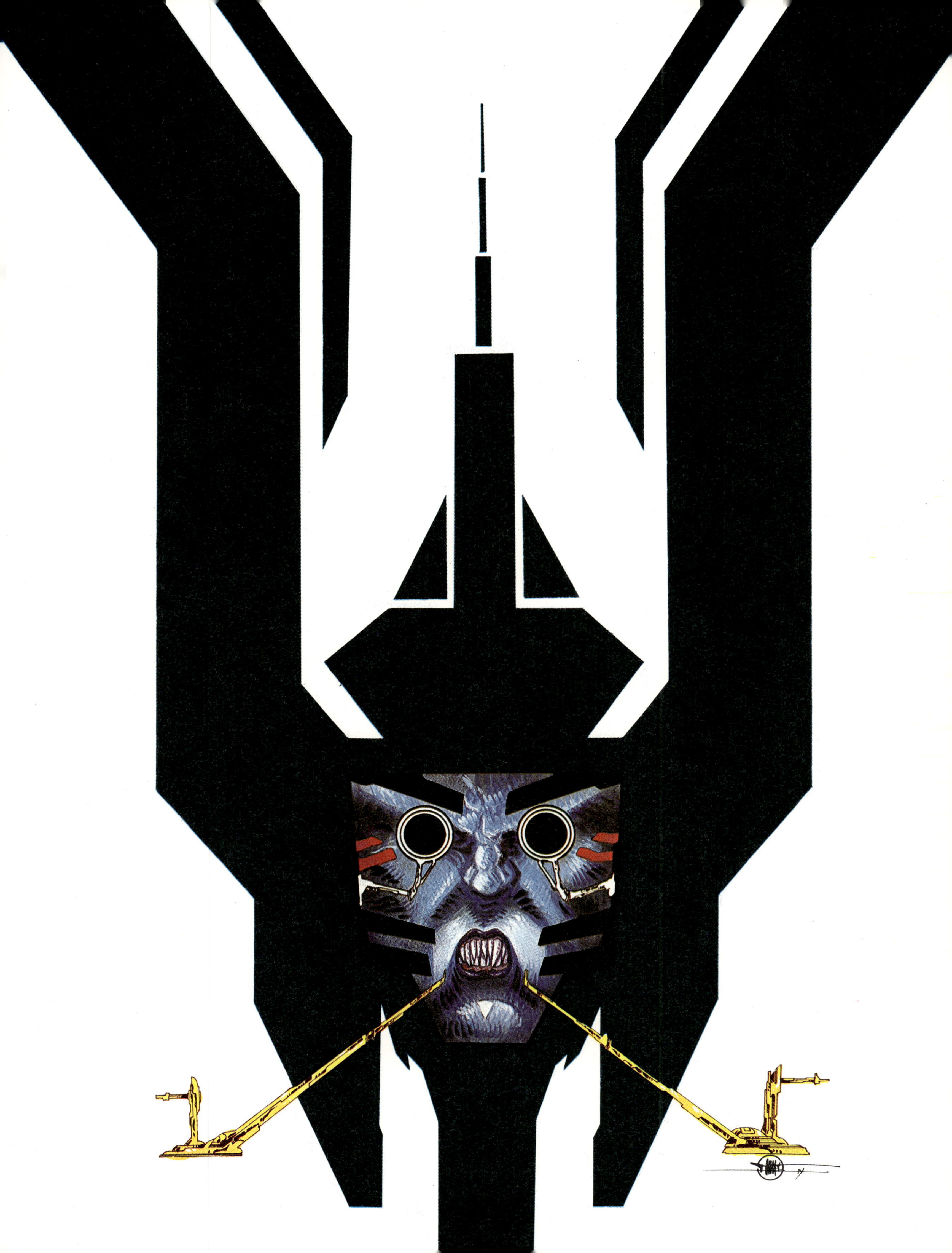

LE MONSIEUR AU TEINT BLEU S'APPELLE YEARL. C'EST UN MARTIEN DES BAS CANAUX ET AMI DE SLOANE. IL N'A PAS VU SON CAMARADE DEPUIS LONGTEMPS.

ILS SE SONT PERDUS, NUL NE SAIT POURQUOI, UNE CASSURE DANS L'ESPACE ET LE TEMPS. TERRIBLE VERTIGE DES VIVANTS. À PRÉSENT, IL LE CHERCHE... PARTOUT...

LES AUTRES TYPES QUI L'ENTOURENT ONT L'AIR TOUJOURS AUSSI BIZARRES, DES FOUS QUI ÉPOUSENT LA MACHINE POUR DONNER À LEUR CORPS L'IMMORTALITÉ, POUR MIEUX TUER AUSSI... FRAPPÉS ! ILS SONT NOMBREUX À ÊTRE AINSI...

TOUTE CETTE TROUPE D'AFFAMÉS FLAIRE LA TRACE DU CHIEN AUX YEUX ROUGES, DANS L'ABÎME ÉTOILÉ, ALORS, ALLONS-Y ! →

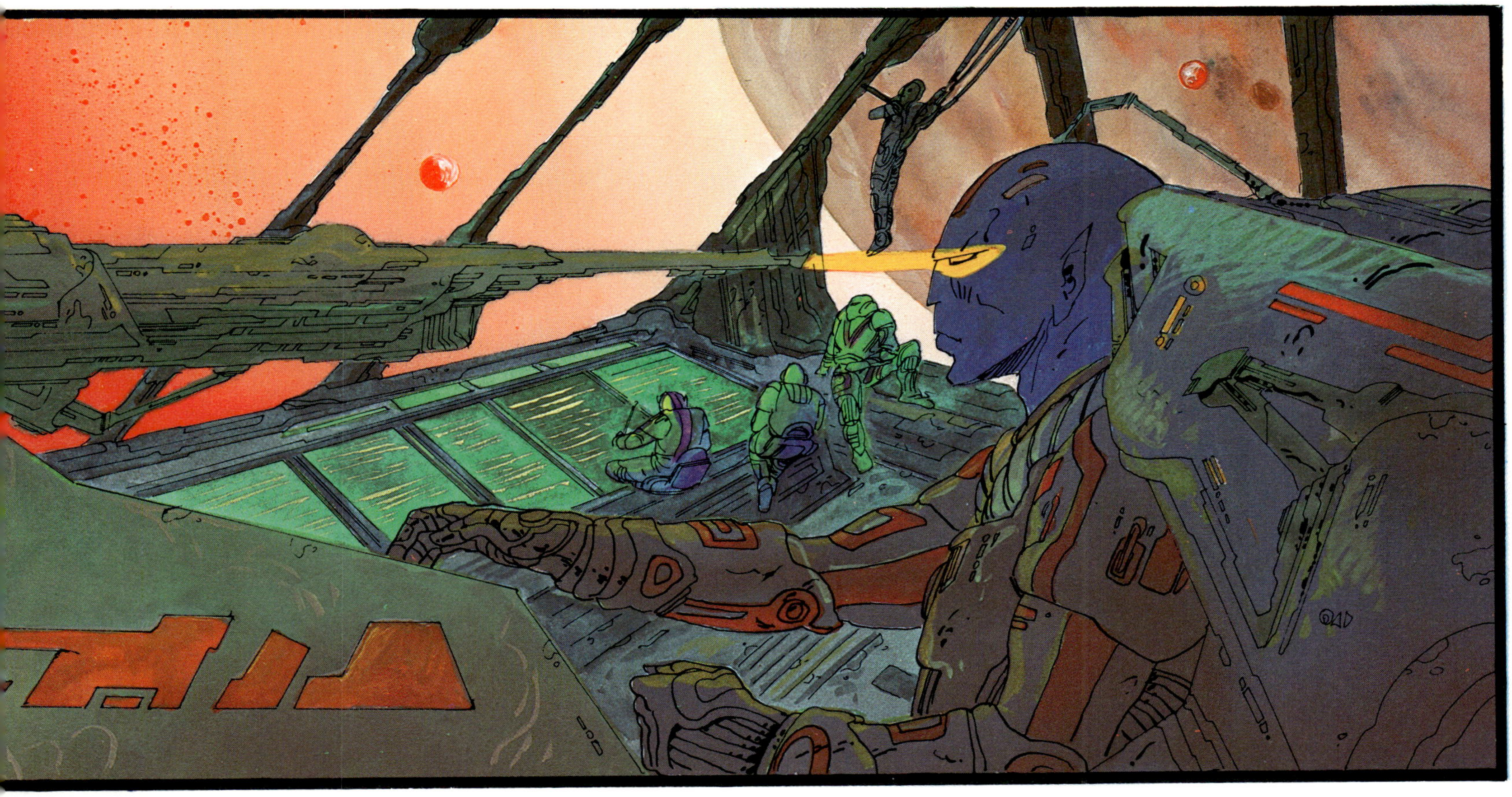

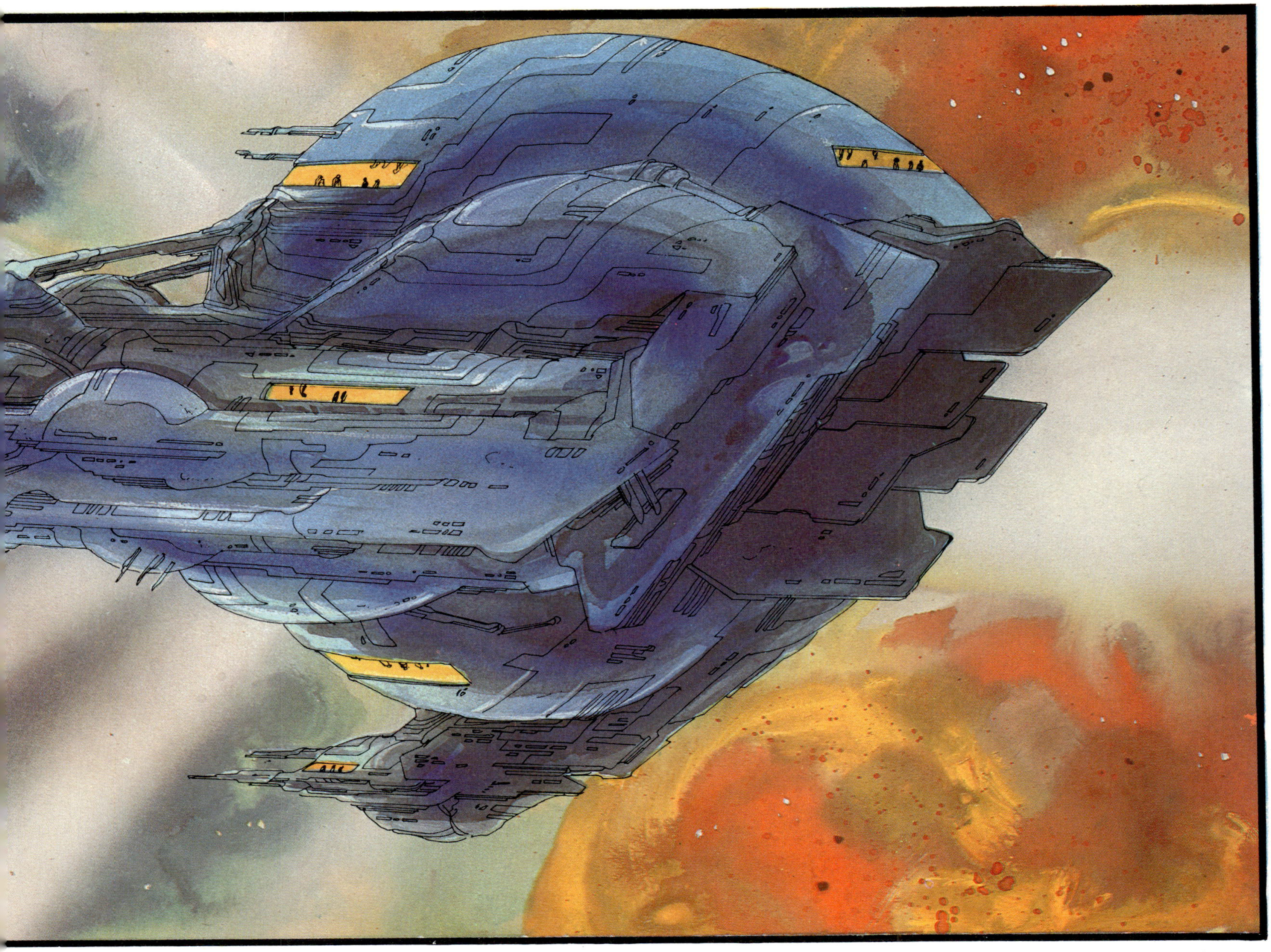

DU NOUVEAU !.. MESSAGE ENREGISTRÉ... TYPE NAVETTE POSSIBLE FILS GRIFFE D'ARGENT... EMISSION CONSTANTE... POSSIBLE VOLONTÉ SLOANE... DISTANCE NON APPRÉCIÉE, DONNÉES INSUFFISANTES... TRÈS LOIN... CALCULS EN COURS... FIN INFORMATION.

YEARL : NOUS L'AVONS, PEU IMPORTE LE TEMPS ! LOCALISEZ ET FONCEZ. RÉACTEURS À BLANC, MILLE RAGES !! MMMHHH... LA ROUTE SERA LONGUE... JE VAIS DORMIR UN PEU... QUELQUES SIÈCLES....

SICCA, LA VILLE SAINTE, A L'HEURE DE LA NUIT LES DIEUX MONTRENT LEURS VISAGES DANS LA PIERRE DES REMPARTS... AU MATIN ILS DISPARAISSENT. IL EN EST AINSI DES TEMPS ANCIENS JUSQU'À CEUX D'AUJOURD'HUI... LE MONDE DE L'ÉTOILE EST SI VIEUX... VIEUX...

LES BARBARES ATTENDAIENT DONC UN AMBASSADEUR DE CARTHAGE QUI LEUR APPORTERAIT, SUR DES MULETS, DES CORBEILLES CHARGÉES D'OR. ET TOUJOURS RECOMMENÇANT LE MÊME CALCUL, ILS DESSINAIENT AVEC LEURS DOIGTS DES CHIFFRES SUR LE SABLE. CHACUN, D'AVANCE, ARRANGEAIT SA VIE. ILS AURAIENT DES CONCUBINES, DES ESCLAVES, DES TERRES ;

D'AUTRES VOULAIENT ENFOUIR LEUR TRÉSOR OU LE RISQUER SUR UN VAISSEAU. MAIS DANS CE DÉSŒUVREMENT LES CARACTÈRES S'IRRITAIENT ; IL Y AVAIT DE CONTINUELLES DISPUTES ENTRE LES CAVALIERS ET LES FANTASSINS, LES BARBARES ET LES GRECS, ET L'ON ÉTAIT SANS CESSE ÉTOURDI PAR LA VOIX AIGRE DES FEMMES.

TOUS L[ES]
D'HOMM[ES]
LA TÊTE
DÉBITEU[RS]
DE LABO[URS]
PÉS. DE
PAR LES

LES SOLDATS RECONNURENT DANS CET HOMME AINSI COUCHÉ LE SUFFÈTE HANNON, CELUI QUI AVAIT CONTRIBUÉ PAR SA LENTEUR À FAIRE PERDRE LA BATAILLE DES ÎLES ÆGATES ; ET, QUANT À SA VICTOIRE D'HÉCATOMPYLE SUR LES LIBYENS,

, IL SURVENAIT DES TROUPEAUX ... SQUE NUS, AVEC DES HERBES SUR ... E GARANTIR DU SOLEIL ; C'ÉTAIENT LES ... RICHES CARTHAGINOIS, CONTRAINTS ... EURS TERRES, ET QUI S'ÉTAIENT ÉCHAP... S AFFLUAIENT, DES PAYSANS RUINÉS ..., DES BANNIS, DES MALFAITEURS.

PUIS LA HORDE DES MARCHANDS, TOUS LES VENDEURS DE VIN ET D'HUILE, FURIEUX DE N'ÊTRE PAS PAYÉS, S'EN PRENAIENT À LA RÉPUBLIQUE ; SPENDIUS DÉCLAMAIT CONTRE ELLE. BIENTÔT LES VIVRES DIMINUÈRENT. ON PARLAIT DE SE PORTER EN MASSE SUR CARTHAGE ET D'APPELER LES ROMAINS.

UN SOIR, À L'HEURE DU SOUPER, ON ENTENDIT DES SONS LOURDS ET FÊLÉS QUI SE RAPPROCHAIENT ET AU LOIN, QUELQUE CHOSE DE ROUGE APPARUT DANS LES ONDULATIONS DU TERRAIN.

S'IL S'ÉTAIT CONDUIT AVEC CLÉMENCE, C'ÉTAIT PAR CUPIDITÉ, PENSAIENT LES BARBARES, CAR IL AVAIT VENDU À SON COMPTE TOUS LES CAPTIFS, BIEN QU'IL EÛT DÉCLARÉ LEUR MORT À LA RÉPUBLIQUE.

LORSQU'IL EUT, PENDANT QUELQUE TEMPS, CHERCHÉ UNE PLACE COMMODE POUR HARANGUER LES SOLDATS, IL FIT UN SIGNE : LA LITIÈRE S'ARRÊTA, ET HANNON, SOUTENU PAR DEUX ESCLAVES, POSA LES PIEDS PAR TERRE, EN CHANCELANT.

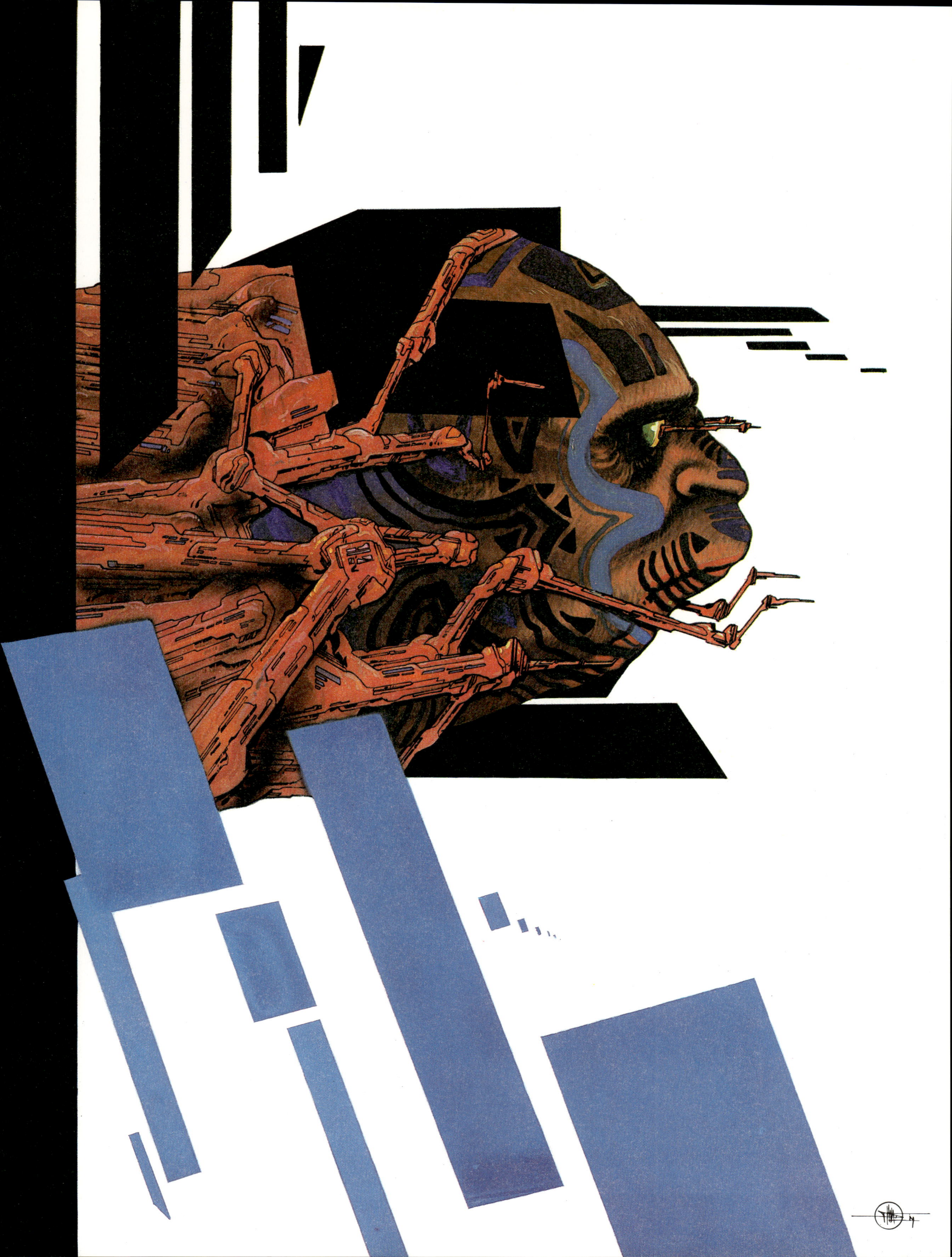

AYANT POSÉ RITUELLEMENT LES PIEDS SUR LE SOL, HANNON REPRIT PLACE SUR LE PORTEUR DU CHAR. IL COMMENÇA PAR FAIRE L'ÉLOGE DES DIEUX ET DE LA RÉPUBLIQUE, LES BARBARES DEVAIENT SE FÉLICITER DE L'AVOIR SERVIE. MAIS IL FALLAIT SE MONTRER PLUS RAISONNABLES, LES TEMPS ÉTAIENT DURS. "ET SI UN MAÎTRE N'A QUE TROIS OLIVES, N'EST-IL PAS JUSTE QU'IL EN GARDE DEUX POUR LUI ?" AINSI LE VIEUX SUFFÈTE ENTREMÊLAIT SON DISCOURS DE PROVERBES ET D'APOLOGUES, TOUT EN FAISANT DES SIGNES DE TÊTE POUR SOLLICITER QUELQUE APPROBATION. IL PARLAIT PUNIQUE ET CEUX QUI L'ENTOURAIENT (LES PLUS ALERTES ACCOURUS SANS LEURS ARMES) ÉTAIENT DES CAMPANIENS, DES GAULOIS ET DES GRECS, SI BIEN QUE PERSONNE DANS CETTE FOULE NE LE COMPRENAIT. IL SE PERDIT CEPENDANT EN PAROLES DÉCRIVANT TOUS LES MALHEURS DE CARTHAGE...

...SES DIFFICULTÉS ET SA RUINE, PAS UN MOT SUR L'ARGENT DÛ AUX BARBARES. LES SOLDATS S'IMPATIENTAIENT. SPENDIUS, LUI, PARLAIT TOUTES LES LANGUES DES TRIBUS, ET TOUS AVAIENT SA CONFIANCE. COMPRENANT LE PARTI QU'IL POUVAIT TIRER DE LA SITUATION, IL BONDIT.

VOUS AVEZ TOUS ENTENDU LES HORRIBLES MENACES DE CET HOMME ! IL A D'ABORD DIT QUE TOUS LES DIEUX DES AUTRES PEUPLES N'ÉTAIENT QUE DES SONGES PRÈS DES DIEUX DE CARTHAGE ! IL VOUS A APPELÉS LÂCHES, VOLEURS, MENTEURS, CHIENS ET FILS DE CHIENNES ! LA RÉPUBLIQUE, SANS VOUS (IL A DIT CELA !) NE SERAIT PAS CONTRAINTE À PAYER LE TRIBUT DES ROMAINS ; ET PAR VOS DÉBORDEMENTS VOUS L'AVEZ RUINÉE. VOUS REDEVIENDREZ TOUS SES ESCLAVES ! N'AVEZ-VOUS PAS VU QU'IL A LAISSÉ EN DEHORS DU CAMP UNE RÉSERVE DE SES CAVALIERS ? À UN SIGNAL ILS VONT ACCOURIR POUR VOUS ÉGORGER TOUS !

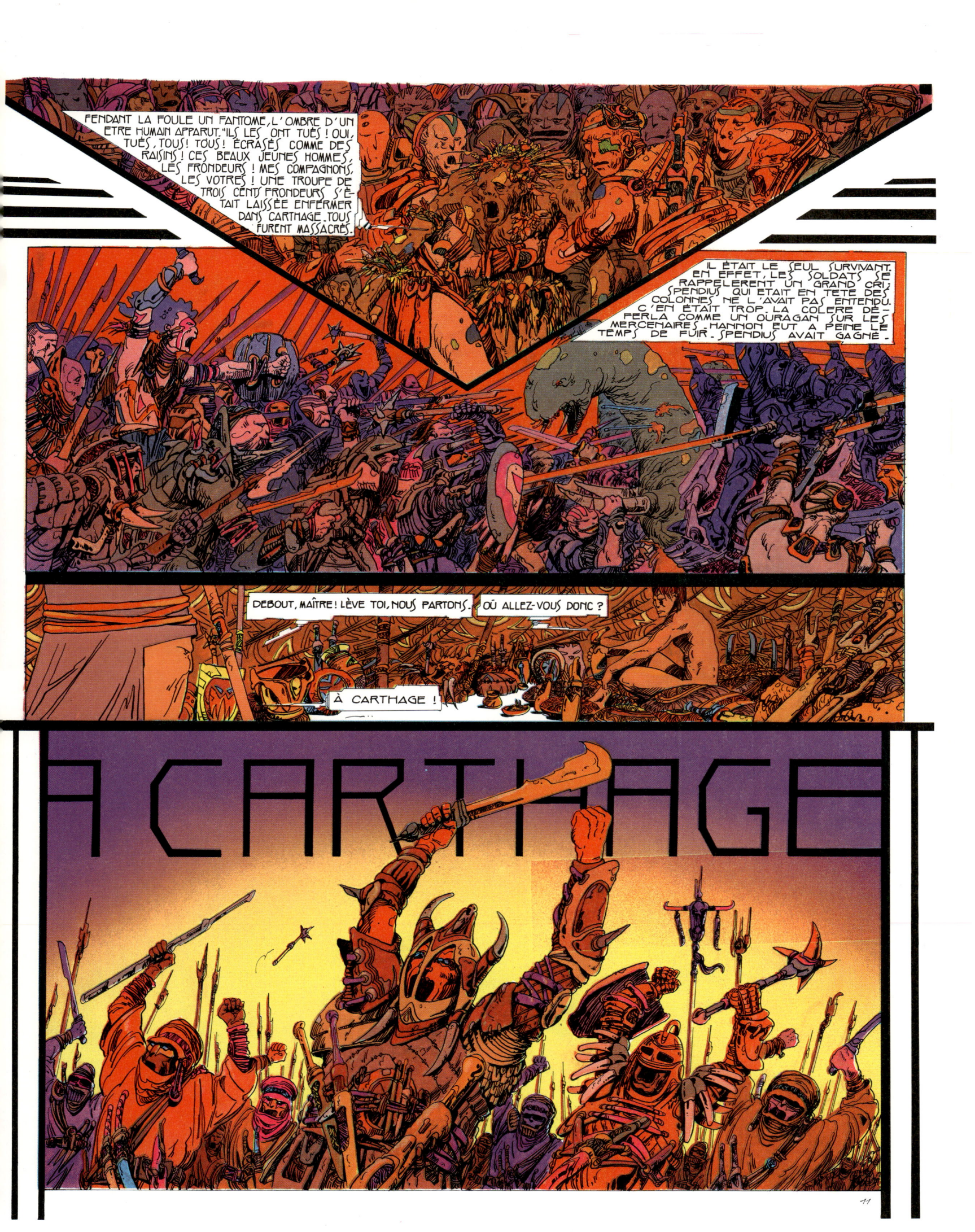

FENDANT LA FOULE UN FANTÔME, L'OMBRE D'UN ÊTRE HUMAIN APPARUT. "ILS LES ONT TUÉS ! OUI, TUÉS, TOUS ! TOUS ! ÉCRASÉS COMME DES RAISINS ! CES BEAUX JEUNES HOMMES, LES FRONDEURS ! MES COMPAGNONS, LES VÔTRES ! UNE TROUPE DE TROIS CENTS FRONDEURS S'ÉTAIT LAISSÉE ENFERMER DANS CARTHAGE. TOUS FURENT MASSACRÉS.

IL ÉTAIT LE SEUL SURVIVANT. EN EFFET, LES SOLDATS SE RAPPELÈRENT UN GRAND CRI: SPENDIUS QUI ÉTAIT EN TÊTE DES COLONNES NE L'AVAIT PAS ENTENDU. C'EN ÉTAIT TROP. LA COLÈRE DÉFERLA COMME UN OURAGAN SUR LES MERCENAIRES. HANNON EUT À PEINE LE TEMPS DE FUIR. SPENDIUS AVAIT GAGNÉ.

DEBOUT, MAÎTRE ! LÈVE TOI, NOUS PARTONS.

OÙ ALLEZ-VOUS DONC ?

À CARTHAGE !

A CARTHAGE

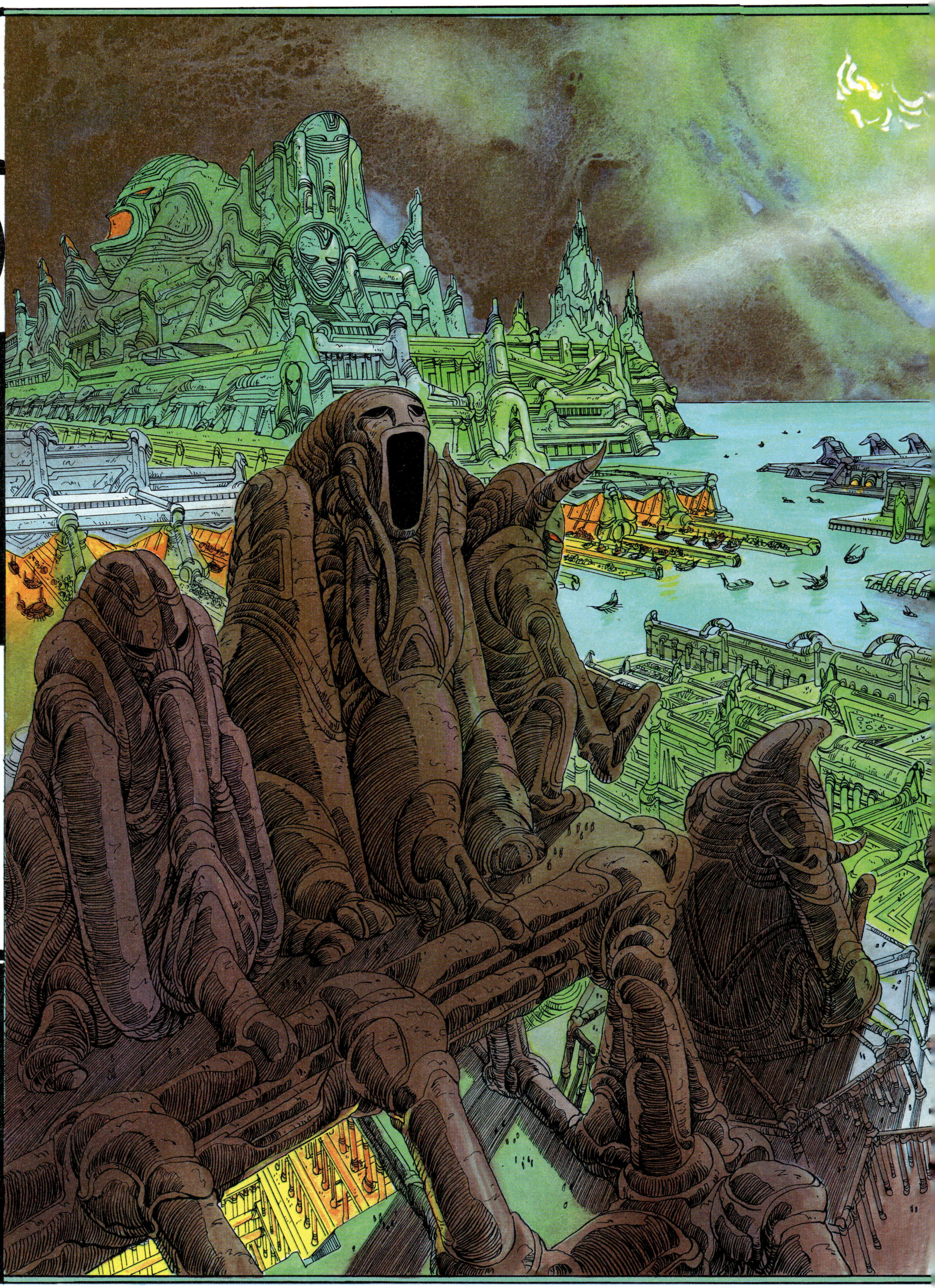

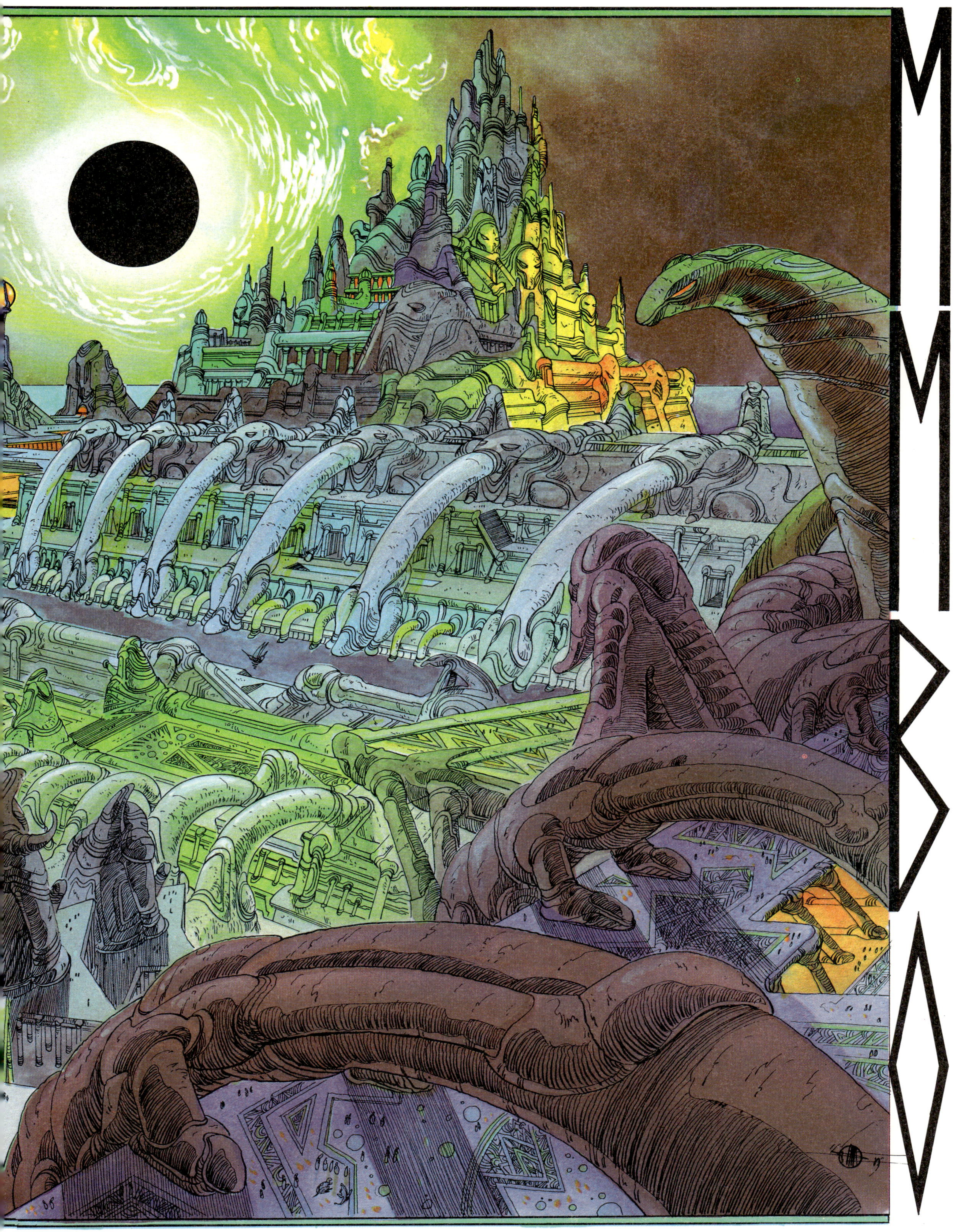

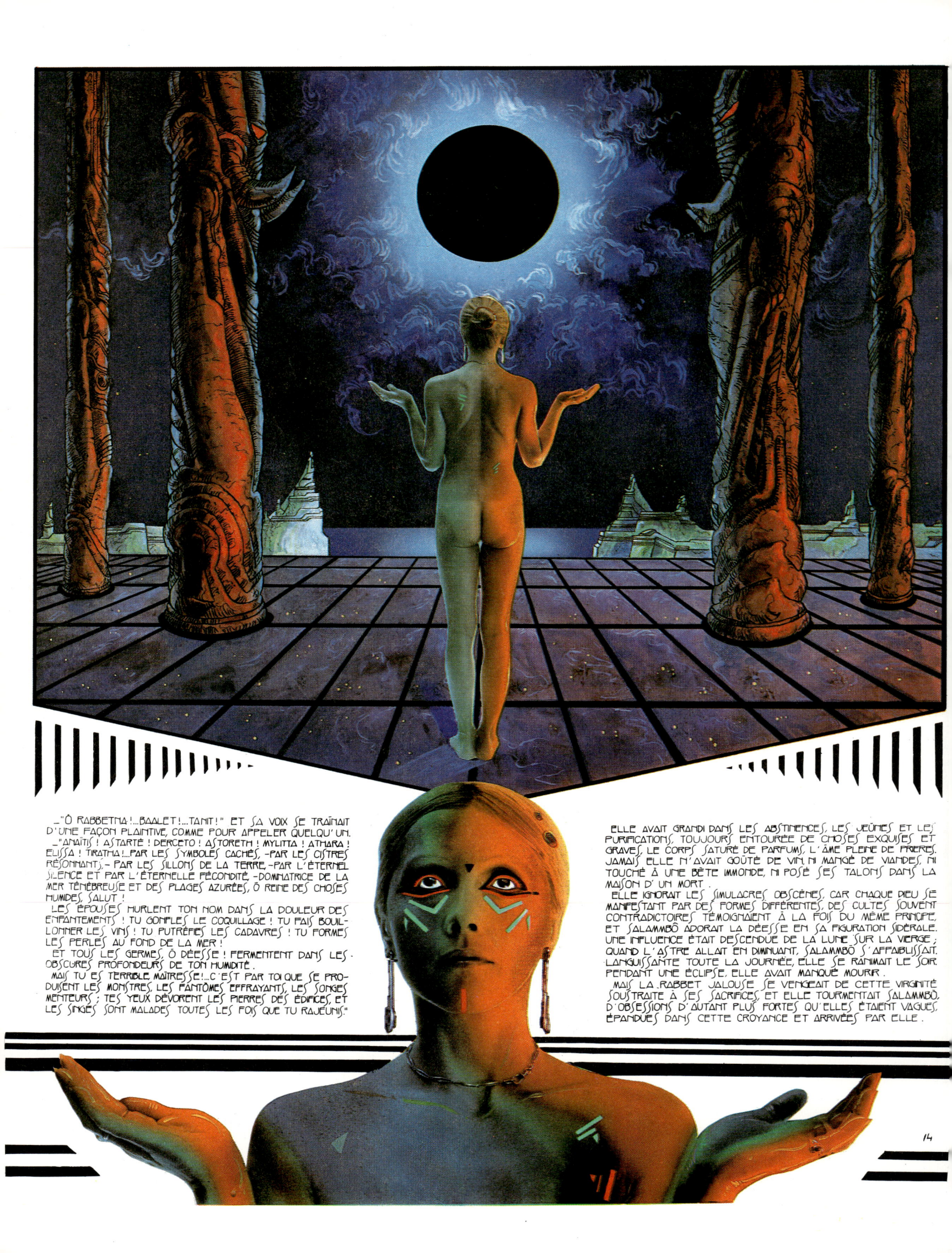

—"Ô RABBETNA!...BAALET!...TANIT!" ET SA VOIX SE TRAÎNAIT D'UNE FAÇON PLAINTIVE, COMME POUR APPELER QUELQU'UN.
—"ANAÏTIS! ASTARTÉ! DERCETO! ASTORETH! MYLITTA! ATHARA! ELISSA! TIRATHA!...PAR LES SYMBOLES CACHÉS, —PAR LES CISTRES RÉSONNANTS, —PAR LES SILLONS DE LA TERRE, —PAR L'ÉTERNEL SILENCE ET PAR L'ÉTERNELLE FÉCONDITÉ, —DOMINATRICE DE LA MER TÉNÉBREUSE ET DES PLAGES AZURÉES, Ô REINE DES CHOSES HUMIDES, SALUT!
LES ÉPOUSES HURLENT TON NOM DANS LA DOULEUR DES ENFANTEMENTS! TU GONFLES LE COQUILLAGE! TU FAIS BOUILLONNER LES VINS! TU PUTRÉFIES LES CADAVRES! TU FORMES LES PERLES AU FOND DE LA MER!
ET TOUS LES GERMES, Ô DÉESSE! FERMENTENT DANS LES OBSCURES PROFONDEURS DE TON HUMIDITÉ.
MAIS TU ES TERRIBLE MAÎTRESSE!...C'EST PAR TOI QUE SE PRODUISENT LES MONSTRES, LES FANTÔMES EFFRAYANTS, LES SONGES MENTEURS; TES YEUX DÉVORENT LES PIERRES DES ÉDIFICES, ET LES SINGES SONT MALADES TOUTES LES FOIS QUE TU RAJEUNIS."

ELLE AVAIT GRANDI DANS LES ABSTINENCES, LES JEÛNES ET LES PURIFICATIONS, TOUJOURS ENTOURÉE DE CHOSES EXQUISES ET GRAVES, LE CORPS SATURÉ DE PARFUMS, L'ÂME PLEINE DE PRIÈRES. JAMAIS ELLE N'AVAIT GOÛTÉ DE VIN NI MANGÉ DE VIANDES, NI TOUCHÉ À UNE BÊTE IMMONDE, NI POSÉ SES TALONS DANS LA MAISON D'UN MORT.
ELLE IGNORAIT LES SIMULACRES OBSCÈNES, CAR CHAQUE DIEU SE MANIFESTANT PAR DES FORMES DIFFÉRENTES, DES CULTES SOUVENT CONTRADICTOIRES TÉMOIGNAIENT À LA FOIS DU MÊME PRINCIPE, ET SALAMMBÔ ADORAIT LA DÉESSE EN SA FIGURATION SIDÉRALE. UNE INFLUENCE ÉTAIT DESCENDUE DE LA LUNE SUR LA VIERGE; QUAND L'ASTRE ALLAIT EN DIMINUANT, SALAMMBÔ S'AFFAIBLISSAIT. LANGUISSANTE TOUTE LA JOURNÉE, ELLE SE RANIMAIT LE SOIR. PENDANT UNE ÉCLIPSE, ELLE AVAIT MANQUÉ MOURIR.
MAIS LA RABBET JALOUSE SE VENGEAIT DE CETTE VIRGINITÉ SOUSTRAITE À SES SACRIFICES, ET ELLE TOURMENTAIT SALAMMBÔ D'OBSESSIONS D'AUTANT PLUS FORTES QU'ELLES ÉTAIENT VAGUES, ÉPANDUES DANS CETTE CROYANCE ET ARRIVÉES PAR ELLE.

APPARUT SCHAHABARIM QU'ELLE AVAIT FAIT CHERCHER.
C'ÉTAIT LE GRAND-PRÊTRE DE TANIT, CELUI QUI AVAIT ÉLEVÉ SALAMMBÔ.
— "PARLE !" DIT-IL. "QUE VEUX-TU ?"
— "J'ESPÉRAIS... TU M'AVAIS PRESQUE PROMIS..." ELLE BALBUTIAIT, ELLE SE TROUBLA ; PUIS TOUT À COUP :
"POURQUOI ME MÉPRISES-TU ? QU'AI-JE DONC OUBLIÉ DANS LES RITES ? TU ES MON MAÎTRE, ET TU M'AS
DIT QUE PERSONNE COMME MOI NE S'ENTENDAIT AUX CHOSES DE LA DÉESSE ; MAIS IL Y EN A QUE TU
NE VEUX PAS DIRE. EST-CE VRAI, Ô PÈRE ?"
SCHAHABARIM SE RAPPELA LES ORDRES D'HAMILCAR ; IL RÉPONDIT :
— "NON, JE N'AI PLUS RIEN À T'APPRENDRE !"
— "UN GÉNIE", REPRIT-ELLE, "ME POUSSE À CET AMOUR."
LE PRÊTRE : — "AVANT LES DIEUX, LES TÉNÈBRES ÉTAIENT SEULES, ET UN SOUFFLE FLOTTAIT,
LOURD ET INDISTINCT COMME LA CONSCIENCE D'UN HOMME DANS UN RÊVE. IL SE CONTRACTA, CRÉ-
ANT LE DÉSIR ET LA NUE, ET DU DÉSIR ET DE LA NUE SORTIT LA MATIÈRE PRIMITIVE. C'ÉTAIT UNE
EAU BOURBEUSE, NOIRE, GLACÉE, PROFONDE. ELLE ENFERMAIT DES MONSTRES INSENSIBLES, PARTIES
INCOHÉRENTES DES FORMES À NAÎTRE ET QUI SONT PEINTES SUR LA PAROI DES SANCTUAIRES."
SALAMMBÔ : — "ET APRÈS ?" DIT-ELLE.
IL LUI AVAIT CONTÉ LE SECRET DES ORIGINES POUR LA DISTRAIRE PAR DES PERSPECTIVES
PLUS HAUTES ; MAIS LE DÉSIR DE LA VIERGE SE RALLUMA SOUS CES DERNIÈRES PAROLES, ET
SCHAHABARIM, CÉDANT À MOITIÉ, REPRIT :
— "ELLE INSPIRE ET GOUVERNE LES AMOURS DES HOMMES."
— "LES AMOURS DES HOMMES !" RÉPÉTA SALAMMBÔ RÊVANT.
— "ELLE EST L'ÂME DE CARTHAGE", CONTINUA LE PRÊTRE, "ET BIEN QU'ELLE SOIT PAR-
TOUT ÉPANDUE, C'EST ICI QU'ELLE DEMEURE, SOUS LE VOILE SACRÉ."

Ô PÈRE ! JE
LA VERRAI,
N'EST-CE PAS ?
TU M'Y CONDUI-
RAS ! DEPUIS
LONGTEMPS
J'HÉSITAIS ;
LA CURIOSITÉ
DE SA FORME
ME DÉVORE.
PITIÉ ! SE-
COURS-MOI !
PARTONS !

JAMAIS ! NE SAIS-TU PAS QU'ON EN MEURT ? LES BAALS HERMAPHRODITES NE SE DÉVOILENT QUE POUR NOUS SEULS, HOMMES PAR L'ESPRIT, FEMMES PAR LA FAIBLESSE. TON DÉSIR EST UN SACRILÈGE ; SATISFAIS-TOI AVEC LA SCIENCE QUE TU POSSÈDES !

DEVANT SCHAHABARIM CE TOURBILLON DE POUSSIÈRE AU LOIN QUI S'ÉLEVAIT DANS LE JOUR NAISSANT, C'ÉTAIT L'ARMÉE BARBARE QUI S'AVANÇAIT SUR CARTHAGE... ON ENTENDAIT DÉJÀ LEURS CHANTS...

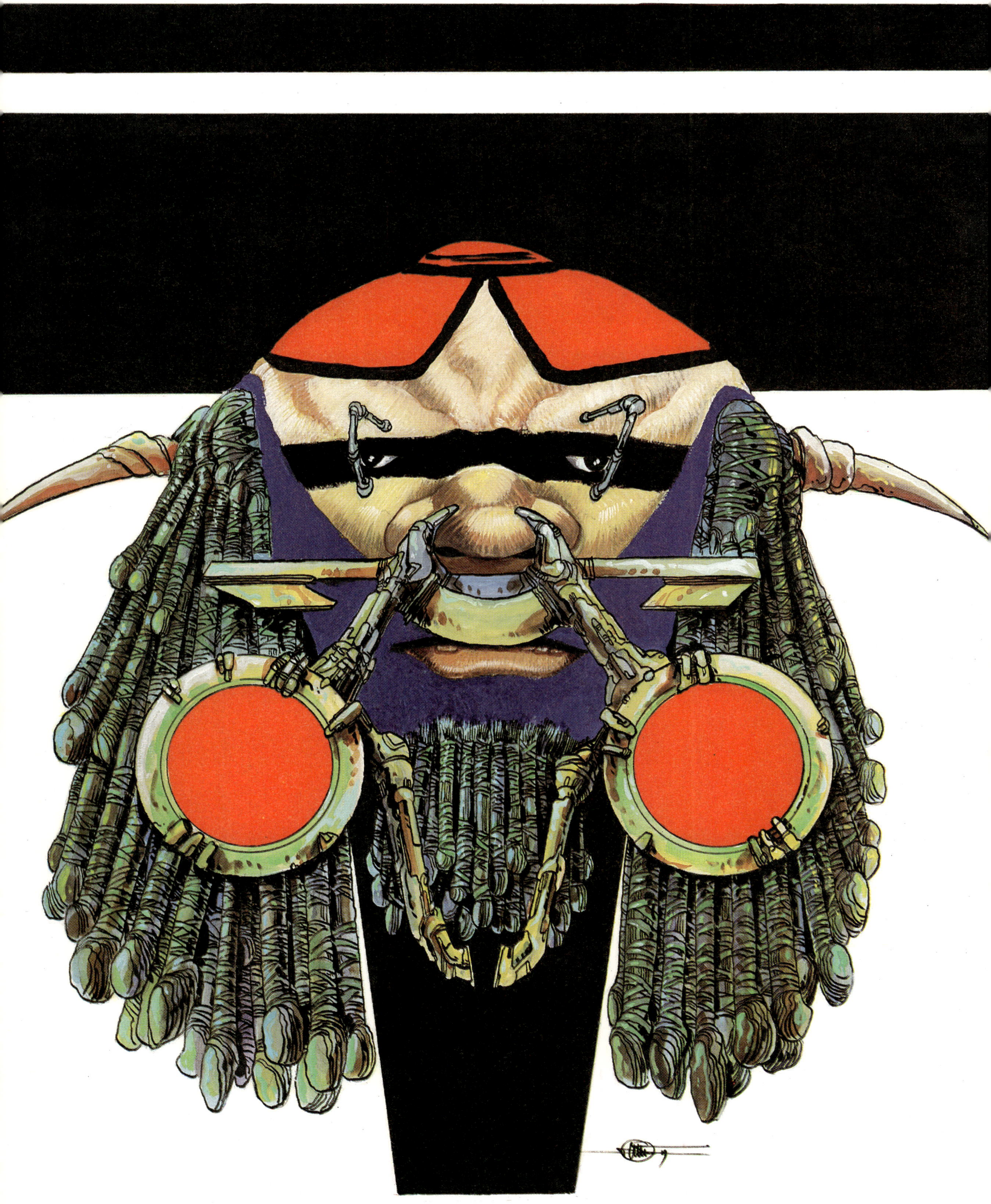

> L'ARMÉE EN TROIS JOURS AVAIT FAIT LE CHEMIN DE SICCA POUR VENIR À CARTHAGE ET TOUT EXTERMINER. FACE AUX MURS DE LA CITÉ LES BARBARES ÉTABLIRENT LEUR CAMPEMENT. CEUX DE CARTHAGE TREMBLÈRENT ; LES RICHES SURTOUT AVAIENT PEUR POUR LEURS BEAUX CHÂTEAUX, POUR LEURS VIGNOBLES, POUR LEURS CULTURES. MATHO REPRIT LE COMMANDEMENT DE SES SOLDATS. IL LES FAISAIT IMPITOYABLEMENT MANŒUVRER, MAIS LE DÉSORDRE ÉTAIT LEUR NOBLESSE ET LA TÂCHE ÉTAIT RUDE :

ON LE RESPECTAIT POUR SON COURAGE, POUR SA FORCE SURTOUT. D'AILLEURS IL INSPIRAIT COMME UNE CRAINTE MYSTIQUE; ON CROYAIT QU'IL PARLAIT, LA NUIT, A DES FANTÔMES. LES AUTRES CAPITAINES S'ANIMÈRENT DE SON EXEMPLE. L'ARMÉE, BIENTÔT, SE DISCIPLINA. LES CARTHAGINOIS ENTENDAIENT DE LEURS MAISONS LA FANFARE DES BUCCINS QUI RÉGLAIT LES EXERCICES. ENFIN, LES BARBARES SE RAPPROCHÈRENT.

TERRIFIÉS, LES CARTHAGINOIS ENVOYÈRENT LE NOBLE GISCON AVEC UN COFFRE REMPLI D'OR POUR CALMER LES MERCENAIRES. LA SOMME ÉTAIT INSUFFISANTE. LE COFFRE FUT PILLÉ ET LES RICHES QUI ACCOMPAGNAIENT GISCON FURENT JETÉS AVEC LUI DANS LA FOSSE AUX IMMONDICES. LE COURROUX DES BARBARES ÉTAIT JUSTE, HAMILCAR LEUR AVAIT FAIT DES PROMESSES EXORBITANTES, VAGUES, IL EST VRAI, MAIS SOLENNELLES ET RÉITÉRÉES. MAIS CARTHAGE AVEC SES PUISSANTES MURAILLES ET LES PIÈGES MORTELS QU'ELLES RENFERMAIENT INQUIÉTAIT LES SOLDATS. ILS NE SAVAIENT COMMENT LA PRENDRE. SPENDIUS, LUI, AVAIT SON IDÉE. IL RÉFLÉCHISSAIT.

CARTHAGE DEVRA RESPECTER SA PAROLE. IL FAUDRA PAYER LE SANG QUI A COULÉ POUR VOUS "NOBLE PRÉDATEUR GISCON"! TU VAS L'APPRENDRE...

L'AQUEDUC... MATHO! L'AQUEDUC!

JURE D'EXÉCUTER TOUS MES ORDRES, DE ME SUIVRE COMME UNE OMBRE!

PAR TANIT JE LE JURE

DEMAIN APRÈS LE COUCHER DU SOLEIL TU M'ATTENDRAS AU PIED DE L'AQUEDUC ENTRE LA NEUVIÈME ET LA DIXIÈME ARCADE. EMPORTE AVEC TOI UN TRAIT DE FER ET DES HABITS DE NUIT. ALORS NOUS RENTRERONS DANS CARTHAGE!

L'AQUEDUC...

ILS APERÇURENT, AU LOIN, UNE TROUPE DE CAVALIERS. LEURS BRACELETS D'OR SAUTAIENT DANS LES VAGUES DRAPERIES DE LEURS MANTEAUX. ON DISTINGUAIT EN AVANT UN HOMME COURONNÉ DE PLUMES D'AUTRUCHE ET QUI GALOPAIT AVEC UNE LANCE À CHAQUE MAIN.

NARR'HAVAS ! QU'IMPORTE.

C'EST ICI... SUIS-MOI !...

LÀ-BAS, LE TEMPLE DE TANIT...

LA NUIT ÉTAIT PLEINE DE SILENCE ET LE CIEL AVAIT UNE HAUTEUR DÉMESURÉE. DES BOUQUETS D'ARBRES DÉBORDAIENT SUR LES LONGUES LIGNES DES MURS. LA VILLE ENTIÈRE DORMAIT. LES FEUX DES AVANT-POSTES BRILLAIENT COMME DES ÉTOILES PERDUES.

LE VOILE DE TANIT

JE L'AI !

PARTONS, MATHO ! VIENS... VIENS !

DES GARDIENS DU GRAND PASSE.

SALAMMBÔ, OÙ EST-ELLE ? JE VEUX LA VOIR ! CONDUIS-MOI !

C'EST UNE DÉMENCE ! ELLE APPELLERA, SES ESCLAVES ACCOURRONT, ET MALGRÉ TA FORCE, TU MOURRAS !

QU'EST-CE DONC ?

C'EST LE VOILE DE LA DÉESSE !

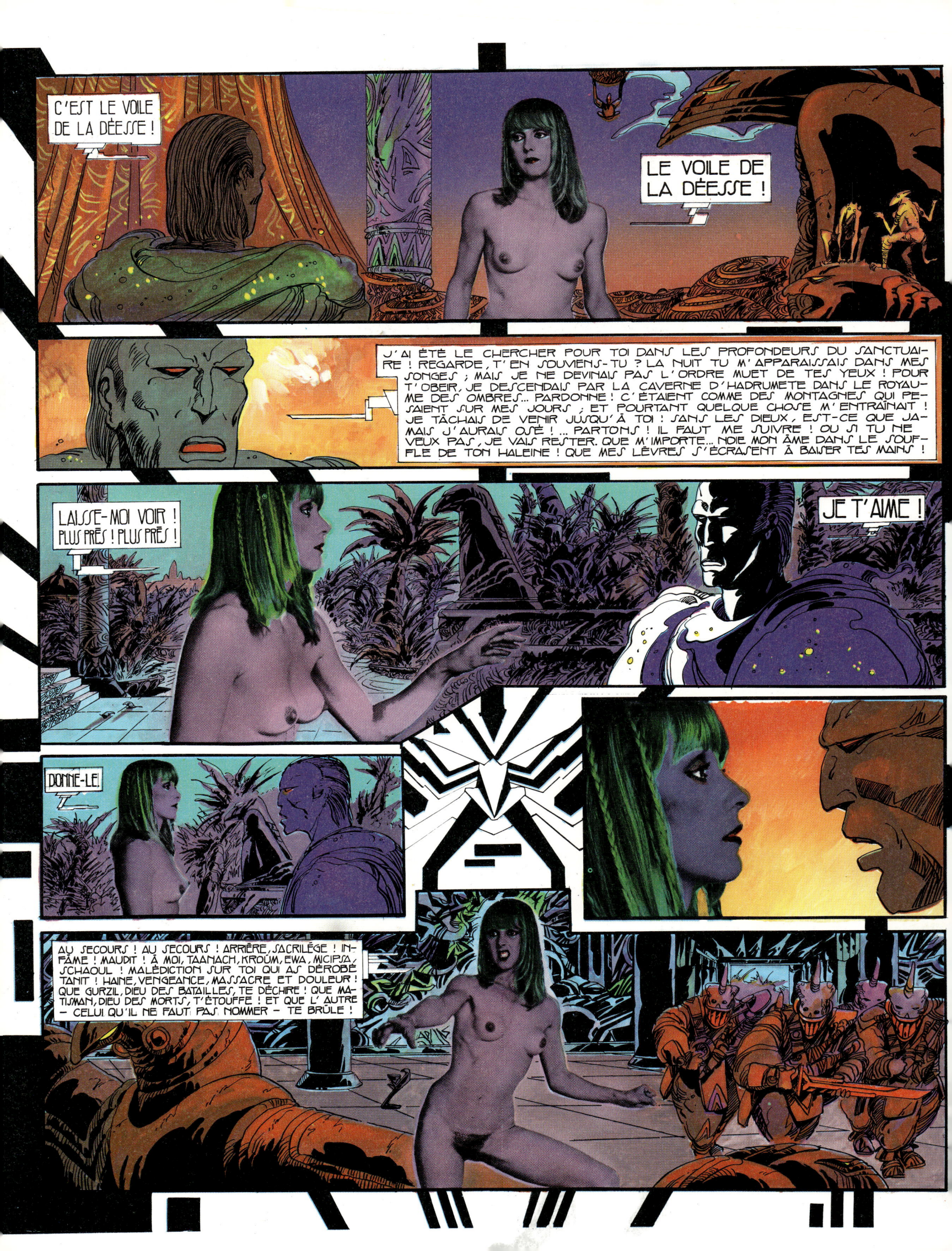

LE VOILE DE LA DÉESSE !

J'AI ÉTÉ LE CHERCHER POUR TOI DANS LES PROFONDEURS DU SANCTUAIRE ! REGARDE, T'EN SOUVIENS-TU ? LA NUIT TU M'APPARAISSAIS DANS MES SONGES ; MAIS JE NE DEVINAIS PAS L'ORDRE MUET DE TES YEUX ! POUR T'OBÉIR, JE DESCENDAIS PAR LA CAVERNE D'HADRUMÈTE DANS LE ROYAUME DES OMBRES... PARDONNE ! C'ÉTAIENT COMME DES MONTAGNES QUI PESAIENT SUR MES JOURS ; ET POURTANT QUELQUE CHOSE M'ENTRAÎNAIT ! JE TÂCHAIS DE VENIR JUSQU'À TOI ; SANS LES DIEUX, EST-CE QUE JAMAIS J'AURAIS OSÉ ! ... PARTONS ! IL FAUT ME SUIVRE ! OU SI TU NE VEUX PAS, JE VAIS RESTER. QUE M'IMPORTE... NOIE MON ÂME DANS LE SOUFFLE DE TON HALEINE ! QUE MES LÈVRES S'ÉCRASENT À BAISER TES MAINS !

LAISSE-MOI VOIR ! PLUS PRÈS ! PLUS PRÈS !

JE T'AIME !

DONNE-LE !

AU SECOURS ! AU SECOURS ! ARRIÈRE, SACRILÈGE ! INFÂME ! MAUDIT ! À MOI, TAANACH, KROUM, EWA, MICIPSA, SCHAOUL ! MALÉDICTION SUR TOI QUI AS DÉROBÉ TANIT ! HAINE, VENGEANCE, MASSACRE ET DOULEUR ! QUE GURZIL, DIEU DES BATAILLES, TE DÉCHIRE ! QUE MATISMAN, DIEU DES MORTS, T'ÉTOUFFE ! ET QUE L'AUTRE – CELUI QU'IL NE FAUT PAS NOMMER – TE BRÛLE !

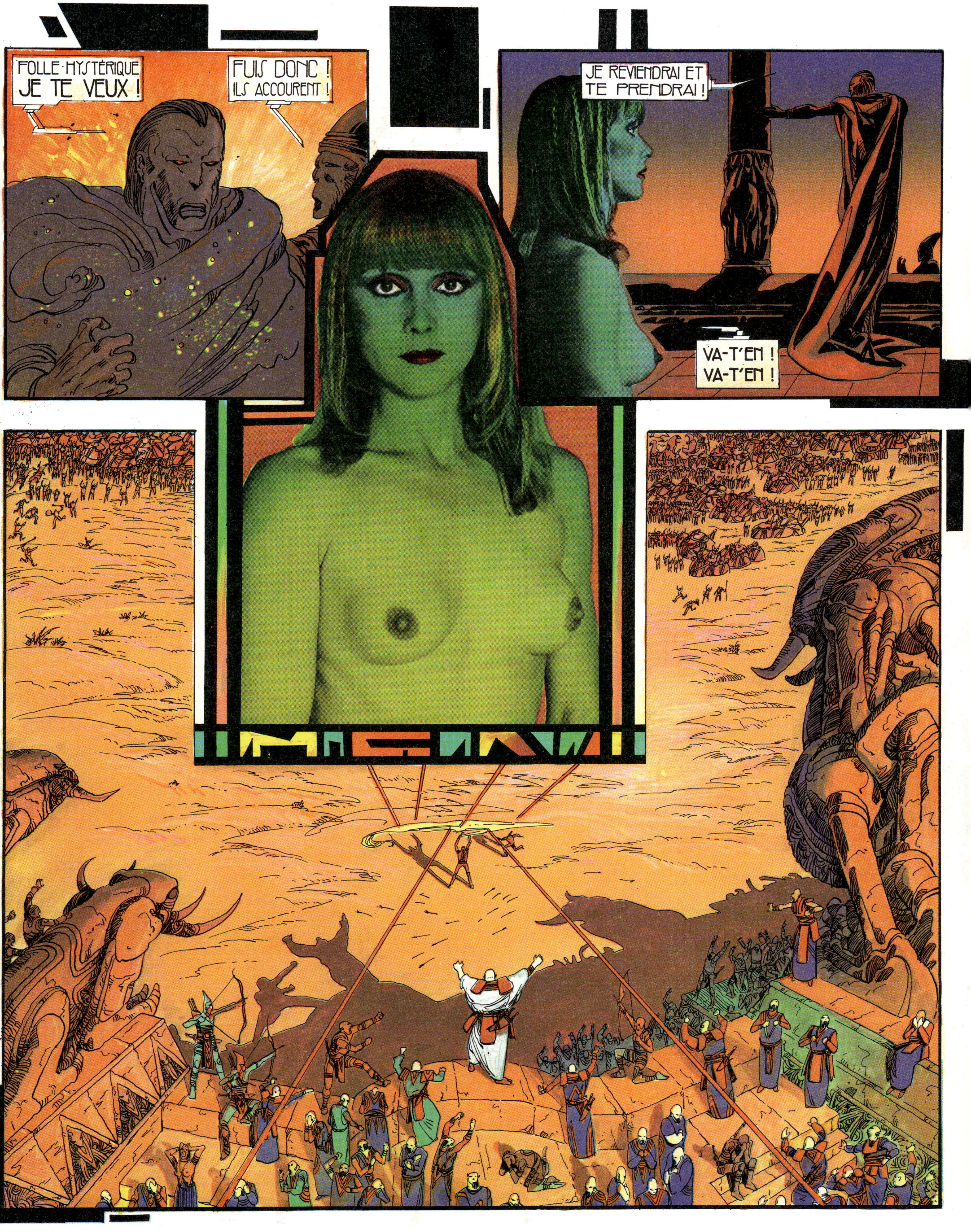
FOLLE HYSTÉRIQUE JE TE VEUX !
FUIS DONC ! ILS ACCOURENT !
JE REVIENDRAI ET TE PRENDRAI !
VA-T'EN ! VA-T'EN !

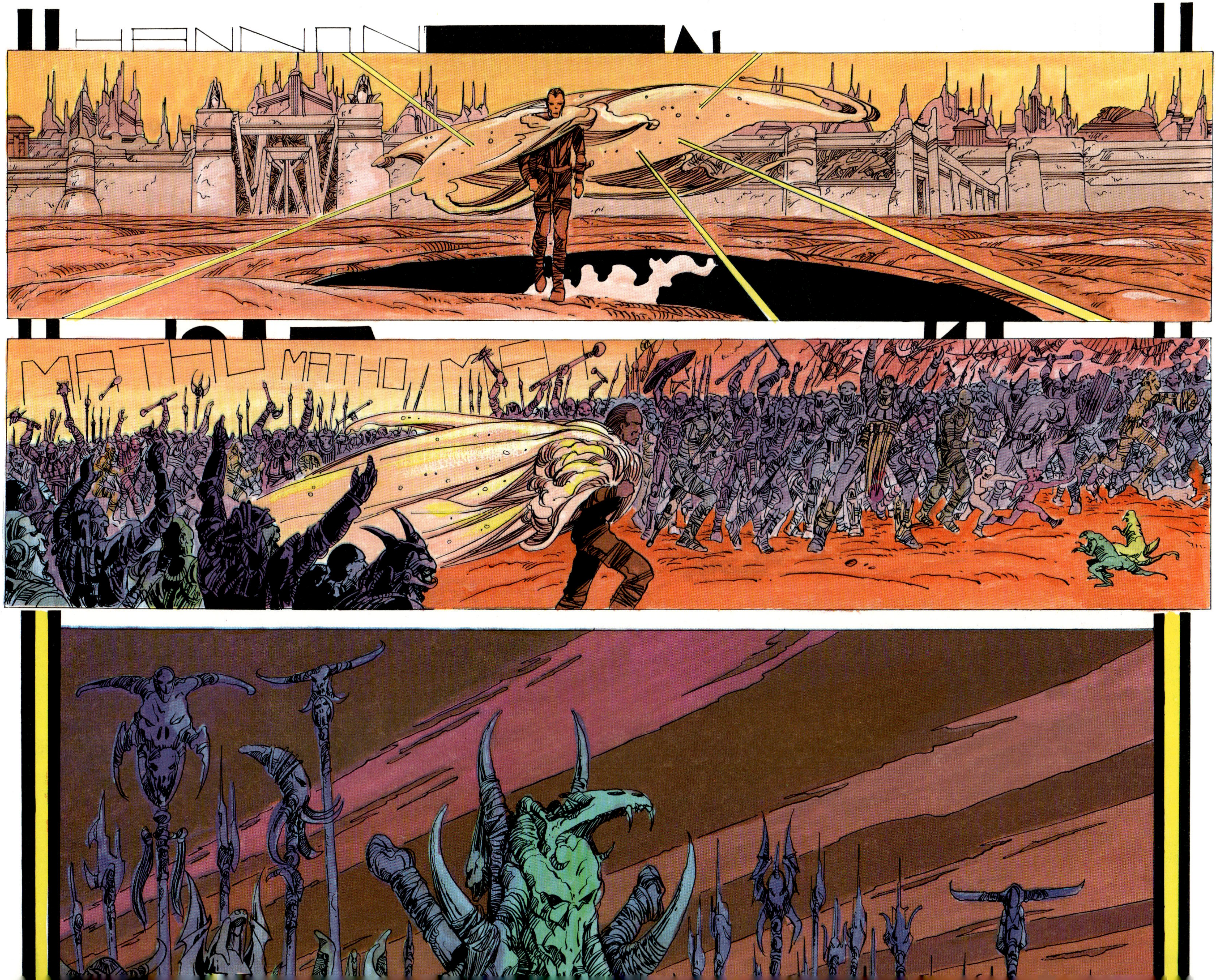
HANNON
MATHO MATHO

NARR'HAVAS ÉTAIT VENU REJOINDRE MATHO. CE DERNIER AVAIT DÉCIDÉ D'OUBLIER MOMENTANÉMENT L'AGRESSION DU NUMIDE.
— "JE VOUS FOURNIRAI DES ÉLÉPHANTS (MES FORÊTS EN SONT PLEINES), DU VIN, DE L'HUILE, DE L'ORGE, DES DATTES, DE LA POIX ET DU SOUFRE POUR LES SIÈGES, VINGT MILLE FANTASSINS ET DIX MILLE CHEVAUX. SI JE M'ADRESSE À TOI, MATHO, C'EST QUE LA POSSESSION DU ZAÏMPH T'A RENDU LE PREMIER DE L'ARMÉE. NOUS SOMMES D'ANCIENS AMIS, D'AILLEURS."

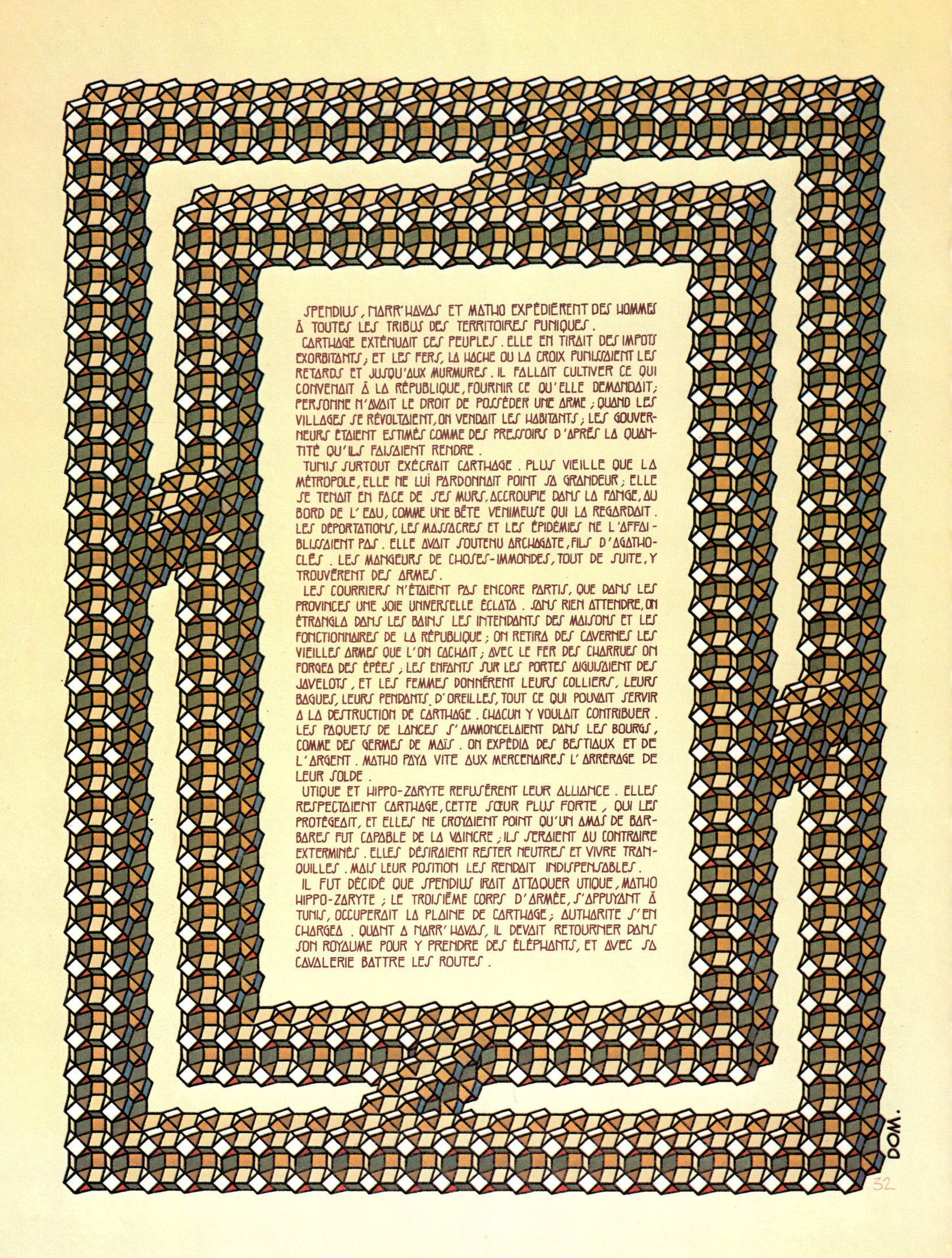

Spendius, Narr'Havas et Matho expédièrent des hommes à toutes les tribus des territoires puniques.

Carthage exténuait ces peuples. Elle en tirait des impôts exorbitants; et les fers, la hache ou la croix punissaient les retards et jusqu'aux murmures. Il fallait cultiver ce qui convenait à la République, fournir ce qu'elle demandait; personne n'avait le droit de posséder une arme; quand les villages se révoltaient, on vendait les habitants; les gouverneurs étaient estimés comme des pressoirs d'après la quantité qu'ils faisaient rendre.

Tunis surtout exécrait Carthage. Plus vieille que la métropole, elle ne lui pardonnait point sa grandeur; elle se tenait en face de ses murs, accroupie dans la fange, au bord de l'eau, comme une bête venimeuse qui la regardait. Les déportations, les massacres et les épidémies ne l'affaiblissaient pas. Elle avait soutenu Archagate, fils d'Agathoclès. Les mangeurs de choses-immondes, tout de suite, y trouvèrent des armes.

Les courriers n'étaient pas encore partis, que dans les provinces une joie universelle éclata. Sans rien attendre, on étrangla dans les bains les intendants des maisons et les fonctionnaires de la République; on retira des cavernes les vieilles armes que l'on cachait; avec le fer des charrues on forgea des épées; les enfants sur les portes aiguisaient des javelots, et les femmes donnèrent leurs colliers, leurs bagues, leurs pendants d'oreilles, tout ce qui pouvait servir à la destruction de Carthage. Chacun y voulait contribuer. Les paquets de lances s'amoncelaient dans les bourgs, comme des germes de maïs. On expédia des bestiaux et de l'argent. Matho paya vite aux Mercenaires l'arrérage de leur solde.

Utique et Hippo-Zaryte refusèrent leur alliance. Elles respectaient Carthage, cette sœur plus forte, qui les protégeait, et elles ne croyaient point qu'un amas de Barbares fut capable de la vaincre; ils seraient au contraire exterminés. Elles désiraient rester neutres et vivre tranquilles. Mais leur position les rendait indispensables.

Il fut décidé que Spendius irait attaquer Utique, Matho Hippo-Zaryte; le troisième corps d'armée, s'appuyant à Tunis, occuperait la plaine de Carthage; Autharite s'en chargea. Quant à Narr'Havas, il devait retourner dans son royaume pour y prendre des éléphants, et avec sa cavalerie battre les routes.

AUTHARITE DEVANT TUNIS.

MATHO DEVANT HIPPO-ZARYTE.

SPENDIUS DEVANT UTIQUE.

LES RICHES DE CARTHAGE DÉLIBÉRÈRENT. ON DÉCIDA DE FAIRE APPEL AU SUFFÈTE HANNON. C'ÉTAIT UN HOMME DÉVOT, RUSÉ, IMPITOYABLE AUX GENS D'AFRIQUE, UN VRAI CARTHAGINOIS. SES REVENUS ÉGALAIENT CEUX DES BARCA. PERSONNE N'AVAIT UNE TELLE EXPÉRIENCE DANS LES CHOSES DE L'ADMINISTRATION. IL DÉCRÉTA L'ENRÔLEMENT DE TOUS LES CITOYENS VALIDES, IL PLAÇA DES CATAPULTES SUR LES TOURS, IL EXIGEA DES PROVISIONS D'ARMES EXORBITANTES, IL ORDONNA MÊME LA CONSTRUCTION DE QUATORZE GALÈRES DONT ON N'AVAIT PAS BESOIN. TOUT LE MONDE, PAR EXCÈS DE TERREUR, DEVENAIT BRAVE. LES RICHES, DÈS LE CHANT DES COQS, S'ALIGNAIENT LE LONG DES MAPPALES ; ET, RETROUSSANT LEURS ROBES, ILS S'EXERÇAIENT À MANIER LA PIQUE.

MAIS, FAUTE D'INSTRUCTEUR, ON SE DISPUTAIT. ILS S'ASSEYAIENT ESSOUFFLÉS SUR LES TOMBES, PUIS RECOMMENÇAIENT. PLUSIEURS MÊME S'IMPOSÈRENT UN RÉGIME. UTIQUE AVAIT DÉJÀ RÉCLAMÉ PLUSIEURS FOIS LES SECOURS DE CARTHAGE. MAIS HANNON NE VOULAIT POINT PARTIR TANT QUE LE DERNIER ÉCROU MANQUAIT AUX MACHINES DE GUERRE. IL PERDIT ENCORE TROIS LUNES À ÉQUIPER LES CENT DOUZE ÉLÉPHANTS QUI LOGERAIENT DANS LES REMPARTS ; HANNON AVAIT TERMINÉ SES APPRÊTS. PAR UNE NUIT SANS LUNE, IL FIT, SUR DES RADEAUX, TRAVERSER À SES ÉLÉPHANTS ET À SES SOLDATS LE GOLFE DE CARTHAGE. PUIS ILS TOURNÈRENT LA MONTAGNE DES EAUX-CHAUDES POUR ÉVITER AUTHARITE.

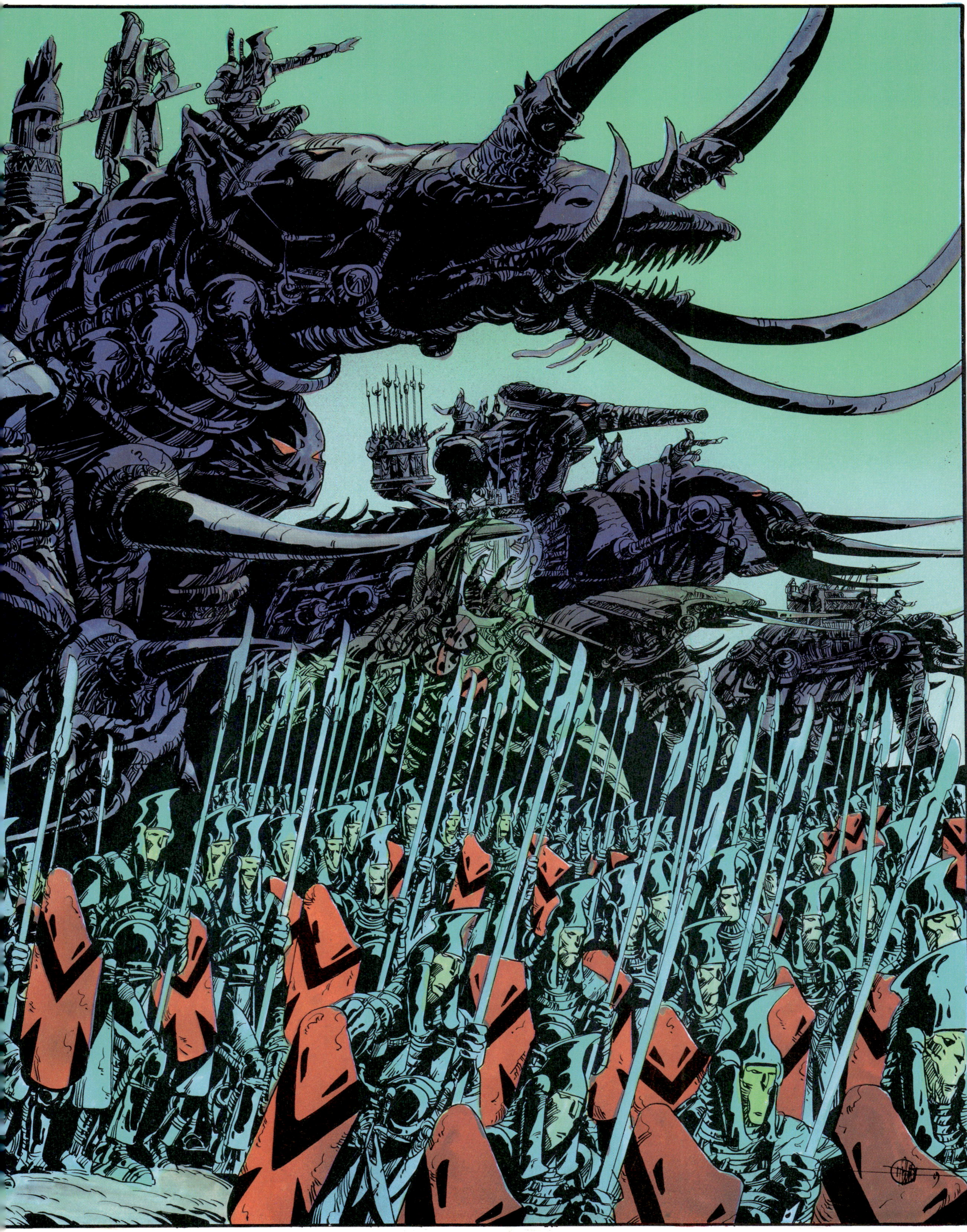

ET CONTINUÈRENT A-VEC TANT DE LENTEUR QU'AU LIEU DE SURPRENDRE LES BARBARES UN MATIN, COMME AVAIT CALCULÉ LE SUFFÈTE, ON N'ARRIVA DEVANT UTIQUE QU'EN PLEIN SOLEIL DANS LA TROISIÈME JOURNÉE.

LES CARTHAGINOIS MANŒUVRAIENT SI LOURDEMENT QUE LES SOLDATS, PAR DÉRISION, LES ENGAGÈRENT À S'ASSEOIR. ILS CRIAIENT QU'ILS ALLAIENT TOUT À L'HEURE VIDER LEURS GROS VENTRES, ÉPOUSSETER LA DORURE DE LEUR PEAU ET LEUR FAIRE BOIRE DU FER.

AU HAUT DU MÂT PLANTÉ DEVANT LA TENTE DE SPENDIUS, UN LAMBEAU DE TOILE VERTE APPARUT : C'ÉTAIT LE SIGNAL. L'ARMÉE CARTHAGINOISE Y RÉPONDIT PAR UN GRAND TAPAGE DE TROMPETTES, DE CYMBALES, DE FLUTES EN OS D'ÂNE ET DE TYMPANONS. DÉJÀ LES BARBARES AVAIENT SAUTÉ EN DEHORS DES PALISSADES. ON ÉTAIT À PORTÉE DE JAVELOT, FACE À FACE.

GUERRIER ELEPHANT

CES HOMMES PERDUS LOIN DE LEUR PATRIE QUE LA NOSTALGIE HANTAIT, ACCUEILLAIENT LE COMBAT COMME UNE CÉRÉMONIE D'OUBLI. À FORCE D'AVOIR PILLÉ DES TEMPLES, VU QUANTITÉ DE NATIONS ET D'ÉGORGEMENTS, BEAUCOUP FINISSAIENT PAR NE PLUS CROIRE QU'AU DESTIN ET À LA MORT. CHAQUE JOUR, ILS S'ENDORMAIENT DANS LA PLACIDITÉ DES BÊTES FÉROCES.

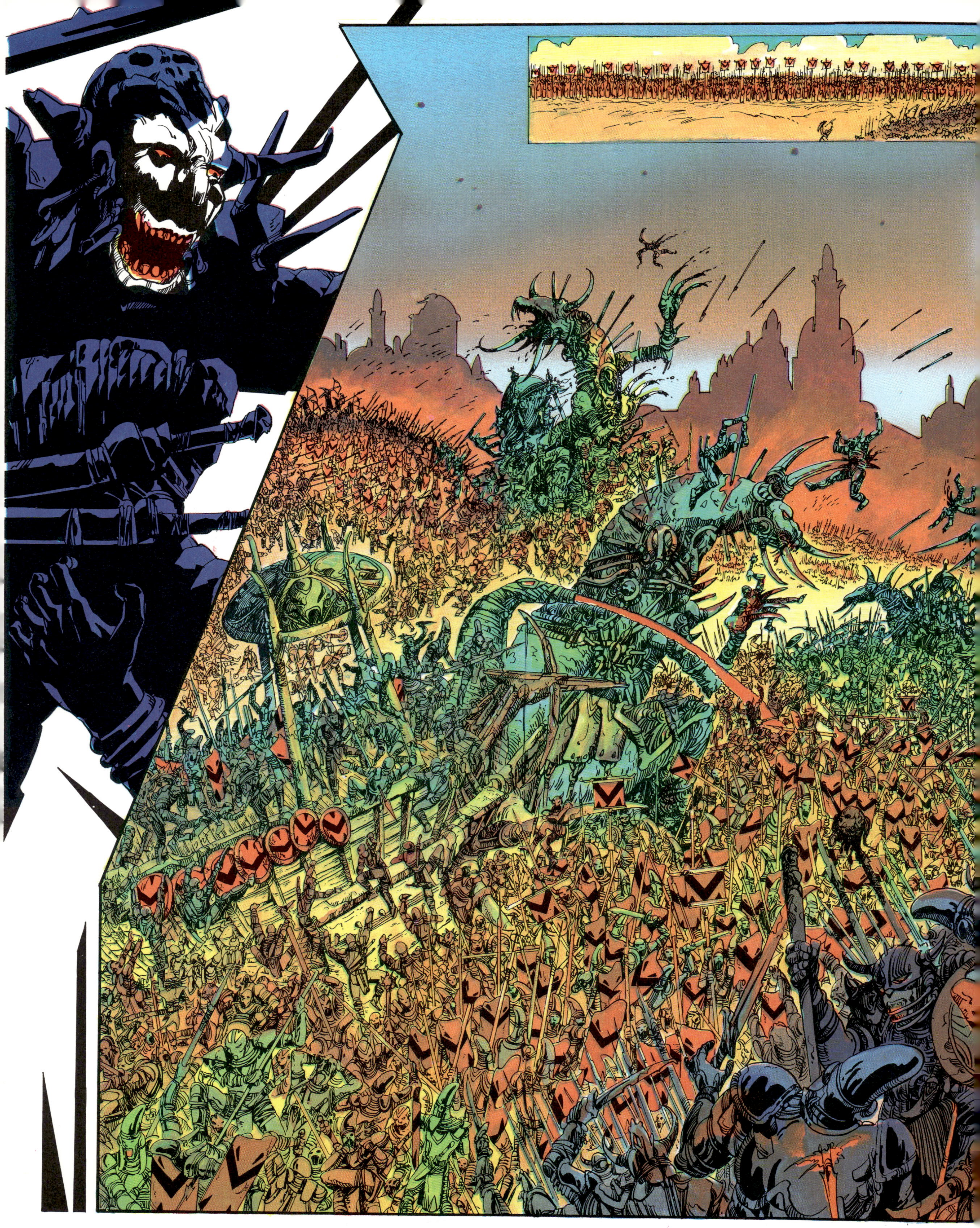

LES BARBARES ENFON-
CÈRENT LEURS LIGNES ;
ILS LES ÉGORGEAIENT
À PLEIN GLAIVE. ILS
TRÉBUCHAIENT SUR LES
MORIBONDS ET LES
CADAVRES, TOUT AVEU-
GLÉS PAR LE SANG
QUI LEUR JAILLISSAIT
AU VISAGE. CE TAS DE
PIQUES, DE CASQUES,
DE CUIRASSES, D'É-
PÉES ET DE MEMBRES
CONFONDUS TOURNAIT
SUR SOI-MÊME, S'É-
LARGISSANT ET SE SER-
RANT AVEC DES CONTRAC-
TIONS ÉLASTIQUES. LES
COHORTES CARTHAGI-
NOISES SE TROU-
VÈRENT DE PLUS EN PLUS.
LEURS MACHINES NE
POUVAIENT SORTIR
DES SABLES.

ENFIN LA LITIÈRE DU SUFFÈTE (SA GRANDE
LITIÈRE À PENDELOQUES DE CRISTAL) QUE L'ON
APERCEVAIT DEPUIS LE COMMENCEMENT, BA-
LANCÉE DANS LES SOLDATS COMME UNE BAR-
QUE SUR LES FLOTS, TOUT À COUP SOMBRA. IL
ÉTAIT MORT SANS DOUTE ?
LES BARBARES SE TROUVÈRENT SEULS.

LA POUSSIÈRE AUTOUR D'EUX TOMBAIT ET ILS COMMENÇAIENT À CHANTER, LORSQUE HANNON LUI-MÊME PARUT AU HAUT D'UN ÉLÉPHANT. IL ÉTAIT NU-TÊTE, SOUS UN PARASOL DE BYSSUS, QUE PORTAIT UN NÈGRE DERRIÈRE LUI. SON COLLIER À PLAQUES BLEUES BATTAIT SUR LES FLEURS DE SA TUNIQUE NOIRE; DES CERCLES DE DIAMANTS COMPRIMAIENT SES BRAS ÉNORMES ET LA BOUCHE OUVERTE, IL BRANDISSAIT UNE PIQUE DÉMESURÉE, ÉPANOUIE PAR LE BOUT COMME UN LOTUS ET PLUS BRILLANTE QU'UN MIROIR. AUSSITÔT, LA TERRE S'ÉBRANLA, — ET LES BARBARES VIRENT ACCOURIR, SUR UNE SEULE LIGNE, TOUS LES ÉLÉPHANTS DE CARTHAGE.

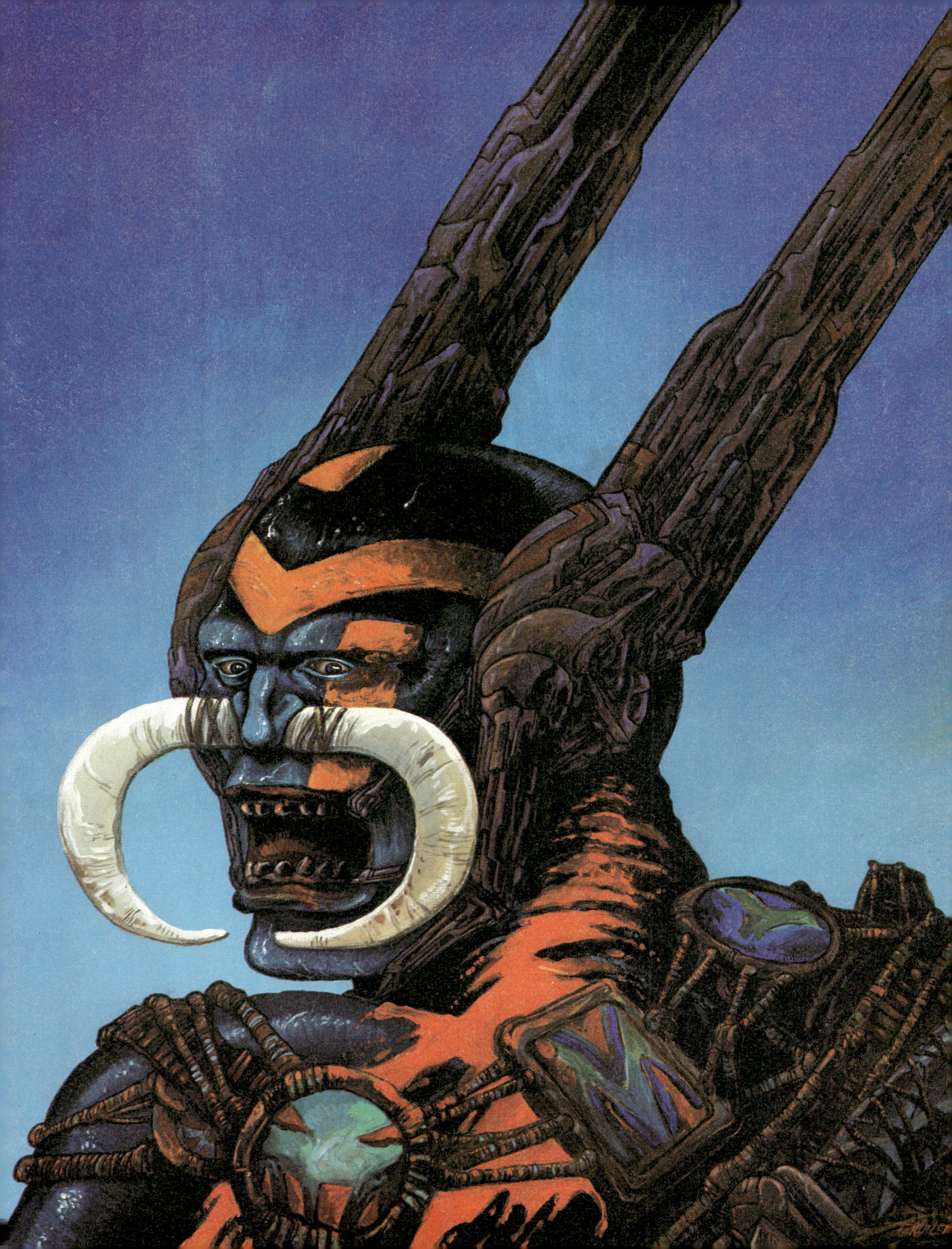

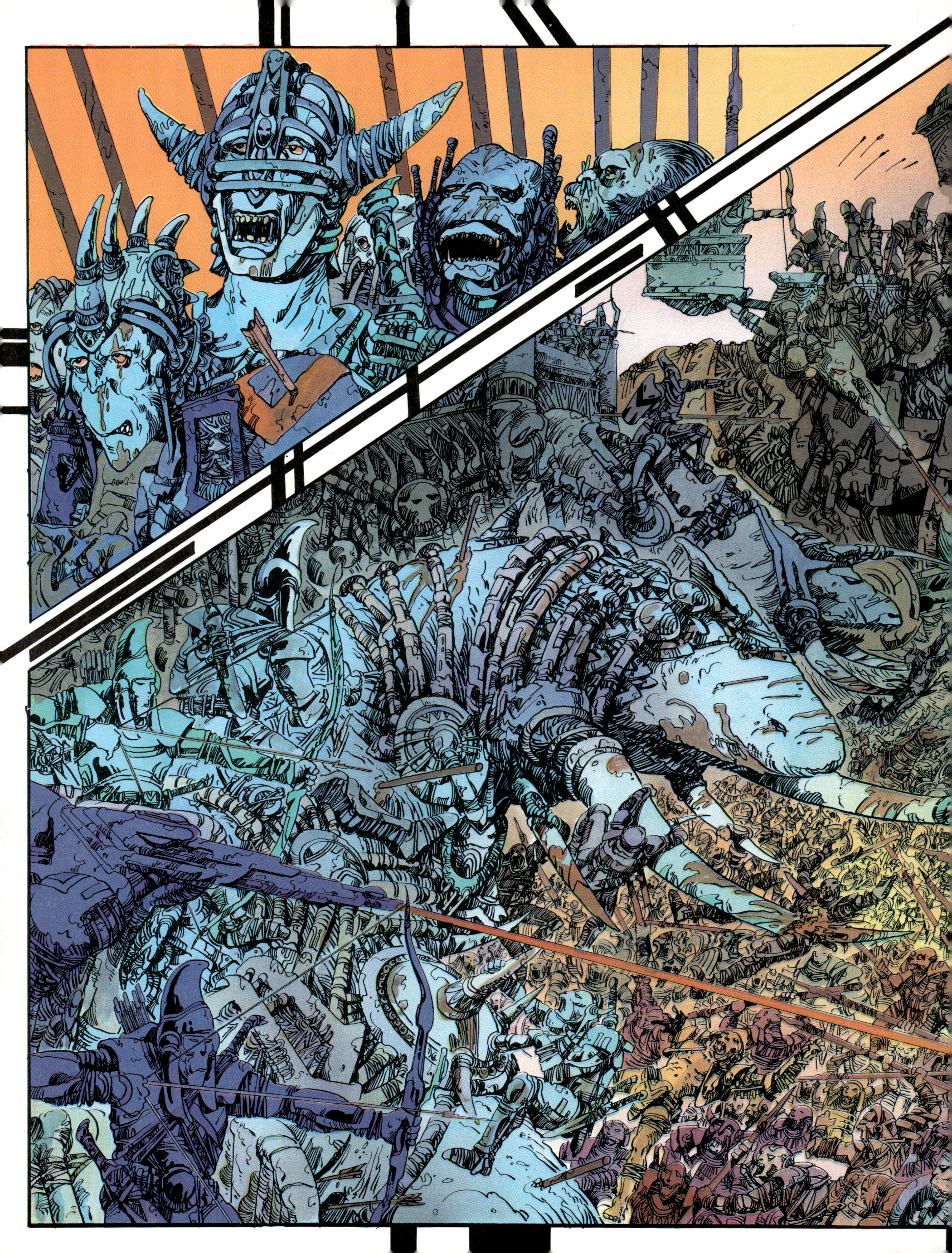

• DÉJÀ DU HAUT DES TOURS ON LEUR JETAIT DES JAVELOTS, DES FLÈCHES, DES PHALARIQUES, DES MASSES DE PLOMB ; QUELQUES-UNS, POUR Y MONTER, SE CRAMPONNAIENT AUX FRANGES DES CAPARAÇONS. AVEC DES COUTELAS ON LEUR ABATTAIT LES MAINS, ET ILS TOMBAIENT À LA RENVERSE SUR LES GLAIVES TENDUS. LES PIQUES TROP FAIBLES SE ROMPAIENT, LES ÉLÉPHANTS PASSAIENT DANS LES PHALANGES COMME DES SANGLIERS DANS DES TOUFFES D'HERBES ; ILS ARRACHÈRENT LES PIEUX DU CAMP AVEC LEURS TROMPES, LE TRAVERSÈRENT D'UN BOUT À L'AUTRE EN RENVERSANT LES TENTES SOUS LEURS POITRAILS ; TOUS LES BARBARES AVAIENT FUI. ILS SE CACHAIENT DANS LES COLLINES QUI BORDENT LA VALLÉE PAR OÙ LES CARTHAGINOIS ÉTAIENT VENUS.

HANNON VAINQUEUR SE PRÉSENTA DEVANT LES PORTES D'UTIQUE. IL FIT SONNER DE LA TROMPETTE. LES TROIS JUGES DE LA VILLE PARURENT, AU SOMMET D'UNE TOUR DANS LA BAIE DES CRÉNEAUX. LES GENS D'UTIQUE NE VOULAIENT POINT RECEVOIR CHEZ EUX DES HÔTES AUSSI BIEN ARMÉS. HANNON S'EMPORTA. ENFIN ILS CONSENTIRENT À L'ADMETTRE AVEC UNE FAIBLE ESCORTE. LES RUES SE TROUVÈRENT TROP ÉTROITES POUR LES ÉLÉPHANTS. IL FALLUT LES LAISSER DEHORS. DÈS QUE LE SUFFÈTE FUT DANS LA VILLE, LES PRINCIPAUX LE VINRENT SALUER. IL SE FIT CONDUIRE AUX ÉTUVES, ET APPELA SES CUISINIERS.

ARRÊTE ! QU'ON M'EN AMÈNE ! JE VEUX LES VOIR !

AH ! AH ! MES BRAVES DE SICCA ! VOUS NE CRIEZ PLUS SI FORT, AUJOURD'HUI ! C'EST MOI ! ME RECONNAISSEZ-VOUS ? OÙ SONT DONC VOS ÉPÉES ? QUELS HOMMES TERRIBLES, VRAIMENT !

A GENOUX ! A GENOUX ! CHACALS ! POUSSIÈRE ! VERMINE ! EXCRÉMENTS ! ET ILS NE RÉPONDENT PAS ! ASSEZ ! TAISEZ-VOUS ! QU'ON LES ÉCORCHE VIFS ! NON ! TOUT A L'HEURE.

NOUS AVONS PENDANT QUATRE JOURS GRANDEMENT SOUFFERT DU SOLEIL, AU PASSAGE DU MACAR, DES MULETS SE SONT PERDUS, MALGRÉ LEUR POSITION, LE COURAGE EXTRAORDINAIRE... AH, DEMONADES ! COMME JE SOUFFRE ! QU'ON RÉCHAUFFE LES BRIQUES, ET QU'ELLES SOIENT ROUGES !

> BOIS POUR QUE LA FORCE DES SERPENTS, MES DU SOLEIL, PÉNÈTRE DANS LA MOELLE DE TES OS, ET PRENDS COURAGE, Ô REFLET DES DIEUX ! TU SAIS D'AILLEURS QU'UN PRÊTRE D'ESCHAMOUN OBSERVE AUTOUR DU CHIEN LES ÉTOILES CRUELLES D'OÙ DÉRIVE TA MALADIE. ELLES PÂLISSENT COMME LES MACULES DE TA PEAU, ET TU N'EN DOIS PAS MOURIR.

OH OUI, N'EST-CE PAS ? JE N'EN DOIS PAS MOURIR !

> MAIS DES CRIS BIZARRES À LA FOIS RAUQUES ET AIGUS, ARRIVENT DANS LA SALLE, PAR-DESSUS LA VOIX D'HANNON ET LE RETENTISSEMENT DES PLATS QUE L'ON POSAIT AUTOUR DE LUI. ILS REDOUBLÈRENT, ET TOUT À COUP LE BARRISSEMENT FURIEUX DES ÉLÉPHANTS ÉCLATA, COMME SI LA BATAILLE RECOMMENÇAIT. UN GRAND TUMULTE ENTOURAIT LA VILLE.

SEIGNEUR ! SEIGNEUR ! LES BARBARES ! LES BARBARES SONT DE RETOUR !!

> LES BARBARES ÉTAIENT REVENUS, ILS VIRENT LES ÉLÉPHANTS AU PIED DES MURAILLES, LES ÉQUIPAGES AU SOL, LES ARMURES VENTRALES DES ÉNORMES BÊTES DÉPOSÉES, ET LES CARTHAGINOIS FÊTANT BRUYAMMENT LEUR VICTOIRE. PROMPTEMENT ILS FIRENT FEU AVEC LES "ŒIL-DE-BAAL", ARMES DE LA CARTHAGE ANCIENNE.

> LE JOUR SE LEVAIT ; ON VIT, DU CÔTÉ DE L'OCCIDENT, ARRIVER LES FANTASSINS DE MATHÔ. EN MÊME TEMPS DES CAVALIERS PARURENT ; C'ÉTAIT NARR'HAVAS AVEC SES NUMIDES. SAUTANT PAR-DESSUS LES RAVINS ET LES BUISSONS, ILS FORÇAIENT LES FUYARDS COMME DES LÉVRIERS QUI CHASSENT DES LIÈVRES. CE CHANGEMENT DE FORTUNE INTERROMPIT LE SUFFÈTE. IL CRIA POUR QU'ON VINT L'AIDER À SORTIR DE L'ÉTUVE. SLOANE LE DRAGON ROUGE ÉTAIT LÀ...

HANNON, LA FUITE VERS CARTHAGE...

Carthage n'eut pas la force de s'indigner contre Hannon. On avait perdu quatre cent mille neuf cent soixante-douze sicles d'argent, quinze mille six cent vingt trois shekels d'or, dix huit éléphants, quatorze membres du Grand-Conseil, trois cents riches, huit mille citoyens, du blé pour trois lunes, un bagage considérable et toutes les machines de guerre ! La défection de Narr'Havas était certaine, les deux sièges recommençaient. L'armée d'Autharite s'étendait maintenant de Tunis à Rhadès. Du haut de l'Acropole, on apercevait dans la campagne de longues fumées montant jusqu'au ciel ; c'étaient les châteaux des riches qui brûlaient. Un homme, seul, aurait pu sauver la République. On se repentit de l'avoir méconnu, et le parti de la paix, lui-même, vota les holocaustes pour le retour d'Hamilcar. La vue du zaïmph avait bouleversé Salammbô. Elle croyait la nuit entendre les pas de la déesse, et elle se réveillait épouvantée en jetant des cris. Elle envoyait tous les jours porter de la nourriture dans les temples. Taanach se fatiguait à exécuter ses ordres, et Schahabarim ne la quittait plus.

L'ANNONCIATEUR-DES-LUNES QUI VEILLAIT TOUTES LES NUITS AU HAUT DU TEMPLE D'ESCHMOÜN, POUR SIGNALER AVEC SA TROMPETTE LES AGITATIONS DE L'ASTRE, APERÇUT UN MATIN, DU CÔTÉ DE L'OCCIDENT, QUELQUE CHOSE DE SEMBLABLE À UN OISEAU FRÔLANT DE SES LONGUES AILES LA SURFACE DE LA MER.

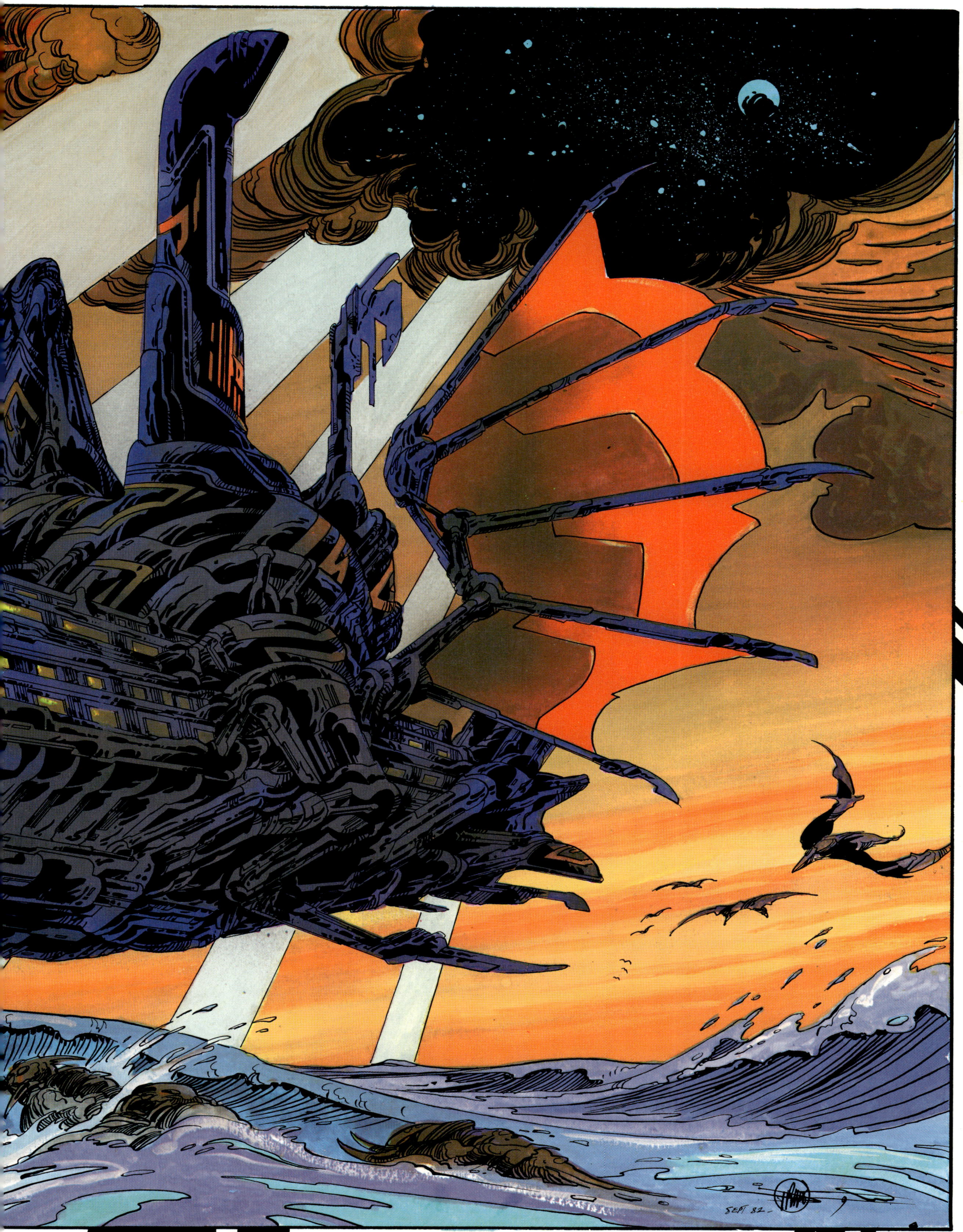
SEPT 82

DE TOUTES LES MAISONS, DES GENS SORTIRENT ;
ON NE VOULAIT PAS EN CROIRE LES PAROLES, ON
SE DISPUTAIT, LE MÔLE ÉTAIT COUVERT DE PEUPLE.
ENFIN ON RECONNUT LA TRIRÈME D'HAMILCAR.

BARCA

> LA GALÈRE BALLOTTÉE AU MILIEU DES ROCHERS CÔTOYAIT LE MÔLE, ET LA FOULE LA SUIVAIT SUR LES DALLES EN CRIANT: "SALUT! BÉNÉDICTION! ŒIL DE KHAMON! AH! DÉLIVRE-NOUS! C'EST LA FAUTE DES RICHES! ILS VEULENT TE FAIRE MOURIR! PRENDS GARDE À TOI, BARCA!"

HAMILCAR

IL NE RÉPONDAIT PAS, COMME SI LA CLAMEUR DES OCÉANS ET DES BATAILLES L'EUT COMPLÈTEMENT ASSOURDI. MAIS QUAND IL FUT SOUS L'ESCALIER QUI DESCENDAIT DE L'ACROPOLE, HAMILCAR RELEVA LA TÊTE, ET, LES BRAS CROISÉS, IL REGARDA LE TEMPLE D'ESCHMOÛN. SA VUE MONTA PLUS HAUT ENCORE DANS LE GRAND CIEL PUR ; D'UNE VOIX ÂPRE, IL CRIA UN ORDRE À SES MATELOTS ; LA TRIRÈME BONDIT; ELLE ÉRAFLA L'IDOLE ÉTABLIE À L'ANGLE DU MÔLE POUR ARRÊTER LES TEMPÊTES ; ET DANS LE PORT MARCHAND PLEIN D'IMMONDICES, D'ÉCLATS DE BOIS ET D'ÉCORCES DE FRUITS, ELLE REFOULAIT, ÉVENTRAIT LES AUTRES NAVIRES AMARRÉS À DES PIEUX ET FINISSANT PAR DES MÂCHOIRES DE CROCODILES. LE PEUPLE ACCOURAIT, QUELQUES-UNS SE JETÈRENT À LA NAGE. DÉJÀ ELLE SE TROUVAIT AU FOND, DEVANT LA PORTE HÉRISSÉE DE CLOUS. LA PORTE SE LEVA, ET LA TRIRÈME DISPARUT SOUS LA VOÛTE PROFONDE.

HAMILCAR LE SEIGNEUR DE LA GUERRE, LUI AUSSI MAÎTRE DES SOMBRES MAGIES ET DES ARMES TERRIBLES DE L'ANCIENNE CARTHAGE. HAMILCAR QUI VIENT TERRASSER LA RÉVOLTE MERCENAIRE. DEMAIN VONT COMMENCER DES BATAILLES PLUS TERRIBLES ENCORE QUE CELLE D'UTIQUE... DEMAIN SERA UN JOUR DE TERREUR, LE COMBAT DE L'ÂME NOIRE CONTRE L'ÂME ROUGE.

SEPT 82

FIN DU DEUXIÈME VOLUME

© **DARGAUD ÉDITEUR 1989**

Tous droits de traduction, de reproduction et d'adaptation strictement
réservés pour tous pays.

Dépôt légal Février 1989 - N° 4057
ISBN 2-205-02253-9

Imprimé en France en Février 1989
sur les presses de Clerc S.A. à Saint-Amand-Montrond
relié par Brun à Malesherbes
Printed in France

HISTOIRES FANTASTIQUES

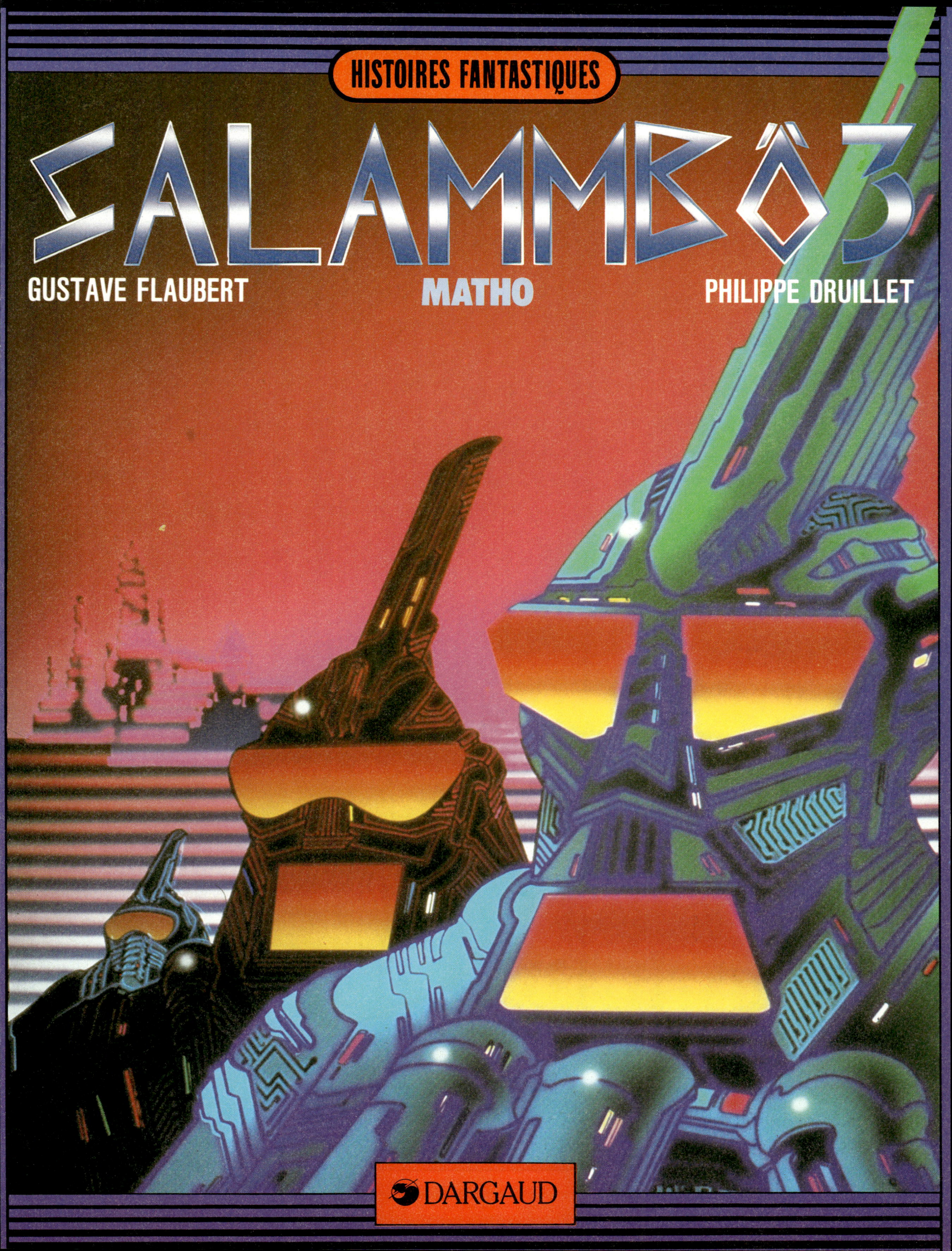

SALAMMBÔ 3

GUSTAVE FLAUBERT — MATHO — PHILIPPE DRUILLET

DARGAUD

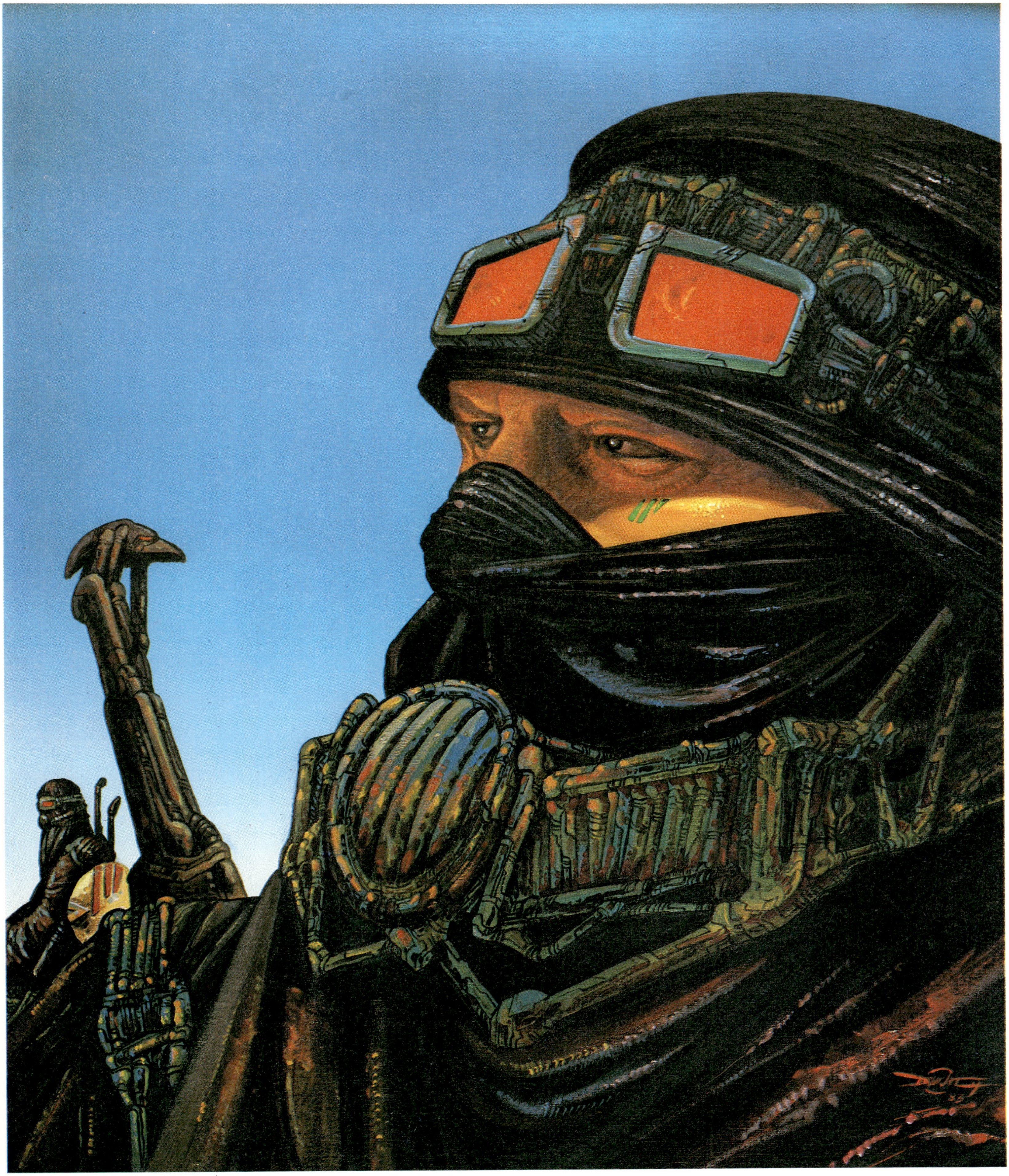

SALAMMBÔ 3

DU MÊME AUTEUR

LES 6 VOYAGES DE LONE SLOANE - Druillet
DELIRIUS - Lob-Druillet
YRAGAEL - Demuth-Druillet
URM LE FOU - Druillet
SALAMMBÔ - Druillet-Flaubert
CARTHAGE - Druillet-Flaubert
LA NUIT - Druillet
LE MAGE ACRYLIC - Druillet-Bihannic
GAIL - Druillet
VUZZ - Druillet
MIRAGES - Druillet
MATHO - Druillet
NOSFERATU - Druillet

SALAMMBÔ 3

GUSTAVE FLAUBERT **MATHO** **PHILIPPE DRUILLET**

DARGAUD ÉDITEUR

PARIS • BARCELONE • BRUXELLES • LAUSANNE • LONDRES • MONTREAL • NEW YORK • STUTTGART

COULEURS ANNE DELOBEL
PHILIPPE DRUILLET
LETTRAGE DOM
LA COUVERTURE DE L'ALBUM
AINSI QUE LES DEUX
DERNIÈRES PAGES
ONT ÉTÉ RÉALISÉES PAR :
TECHNOLOGY ARTWORK, UNE ÉQUIPE FRANÇAISE
AYANT SA PROPRE MÉTHODOLOGIE POUR LA
CRÉATION D'IMAGES NOUVELLES. CELLE-CI FAIT APPEL À
UNE TECHNIQUE COMPOSITE MIXANT DES
TRAITEMENTS ÉLECTRONIQUES ET ANALOGIQUES DE
L'IMAGE SE TRADUISANT PAR UNE TRÈS HAUTE
RÉSOLUTION, DES EFFETS, DES TEXTURES, UNE BRILLANCE
ET UNE SATURATION DES COULEURS,
TECHNOLOGY ARTWORK / SNAP.
GDA FILMS.
ÉQUIPE FRANÇAISE :
LE PIOUFFLE - SALI
LOUIS - SIMON

© DARGAUD ÉDITEUR 1989

Tous droits de traduction, de reproduction et d'adaptation strictement
réservés pour tous pays.

Dépôt légal Février 1989 - N° 4057
ISBN 2-205-02744-1
ISSN 0758-4571

Imprimé en France en Février 1989
sur les presses de Clerc S.A. à Saint-Amand-Montrond
relié par Brun à Malesherbes
Printed in France

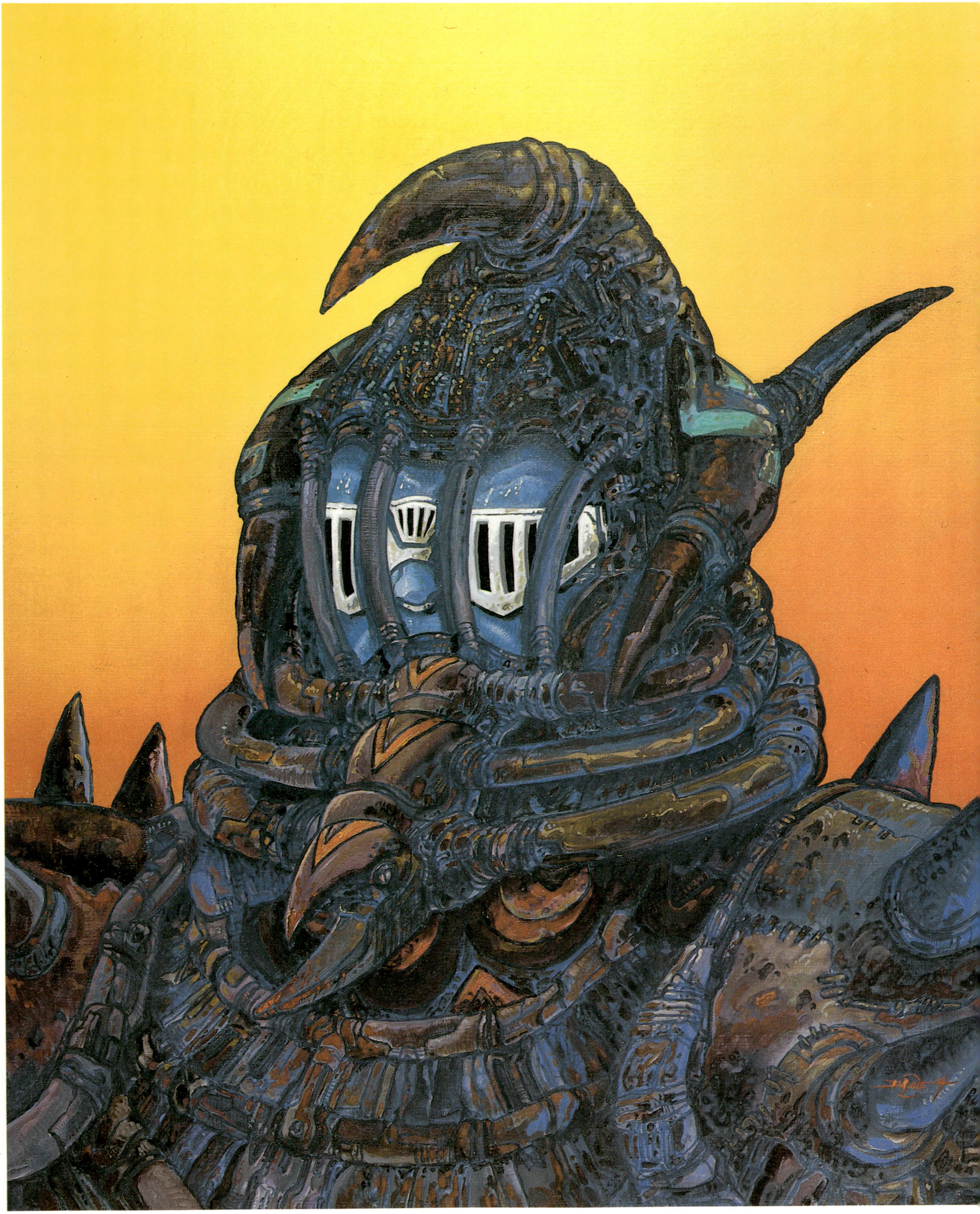

HAMILCAR AU TEMPS GLORIEUX DE L'EMPIRE DE L'ÉTOILE SILLONNAIT L'ESPACE AVEC LA GRANDE FLOTTE, L'ÉPERON DE FER DE CARTHAGE LA CONQUÉRANTE.

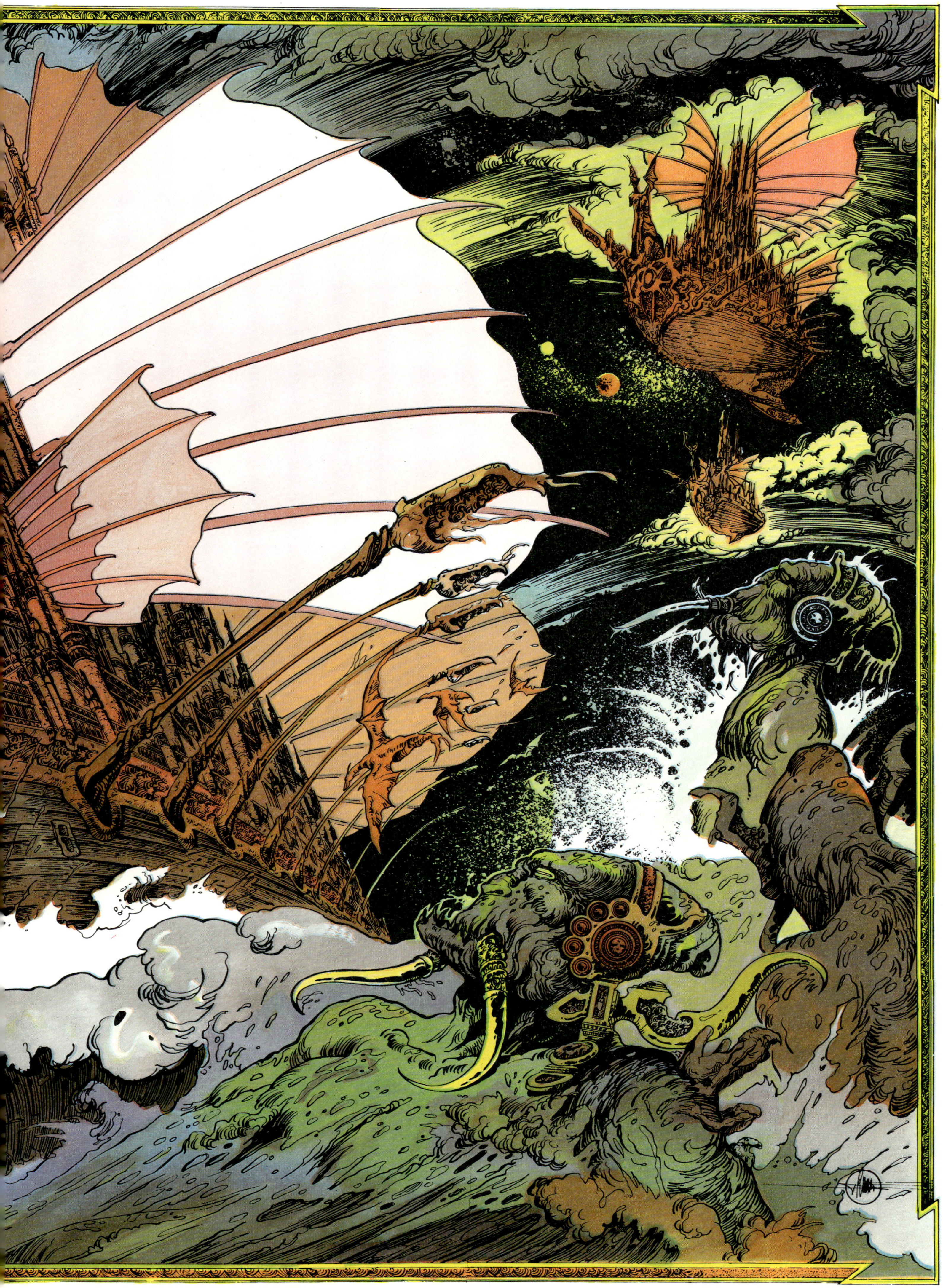

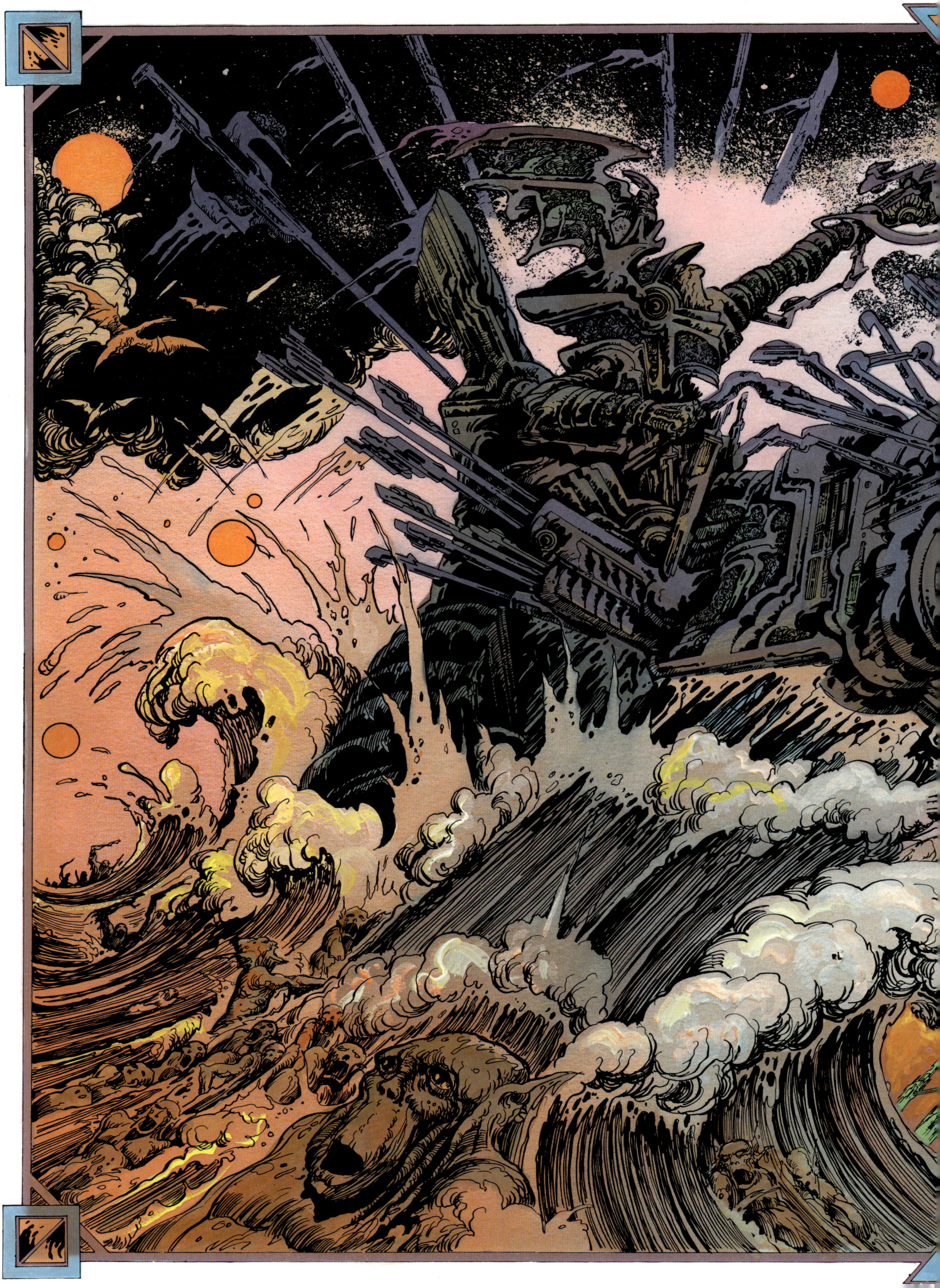

HAMILCAR DONT LES MYS-
TÈRES ET LES MAGIES COM-
MANDENT AUX CHOSES DE
LA MER, DE LA TERRE ET DU
CIEL. HAMILCAR L'ARCHER
AUX MILLE FLÈCHES. HAMIL-
CAR LE SUFFÈTE DE LA MER.

DANS LES PROFONDEURS DE LA CITÉ SE TIENT LE CONSEIL DES RICHES, LES PUISSANTS DE CARTHAGE : Ô HAMILCAR SAUVE-NOUS !

CE SONT TES BONS AMIS LES BARBARES ! TRAÎTRE ! INFÂME ! TU REVIENS POUR NOUS VOIR PÉRIR, N'EST-CE PAS ? LAISSEZ-LE PARLER !

NON NON

NOUS TE DEMANDONS POURQUOI TU N'ES PAS REVENU À CARTHAGE ?

QUE VOUS IMPORTE ! DE QUOI M'ACCUSEZ-VOUS ? J'AI MAL CONDUIT LA GUERRE PEUT-ÊTRE ? VOUS AVEZ VU L'ORDONNANCE DE MES BATAILLES, VOUS AUTRES QUI LAISSEZ COMMODÉMENT À DES BARBARES...

ASSEZ ! ASSEZ !

"JE DIS QU'IL FAUT ÊTRE PLUS INGÉNIEUX OU PLUS TERRIBLE ! SI L'AFRIQUE ENTIÈRE REJETTE VOTRE JOUG, C'EST QUE VOUS NE SAVEZ PAS, MAÎTRES DÉBILES, L'ATTACHER À SES ÉPAULES !" UN CRI D'HORREUR S'ÉLEVA. "OH ! VOUS FRAPPEREZ VOS POITRINES, VOUS VOUS ROULEREZ DANS LA POUSSIÈRE ET VOUS DÉCHIREREZ VOS MANTEAUX ! N'IMPORTE ! IL FAUDRA S'EN ALLER TOURNER LA MEULE DANS SUBURRE ET FAIRE LA VENDANGE SUR LES COLLINES DU LATIUM."

VOUS PERDREZ VOS NAVIRES, VOS CAMPAGNES, VOS CHARIOTS, VOS LITS SUSPENDUS, ET VOS ESCLAVES QUI VOUS FROTTENT LES PIEDS ! LES CHACALS SE COUCHERONT DANS VOS PALAIS, LA CHARRUE RETOURNERA VOS TOMBEAUX. IL N'Y AURA PLUS QUE LE CRI DES AIGLES ET L'AMONCELLEMENT DES RUINES. TU TOMBERAS, CARTHAGE !

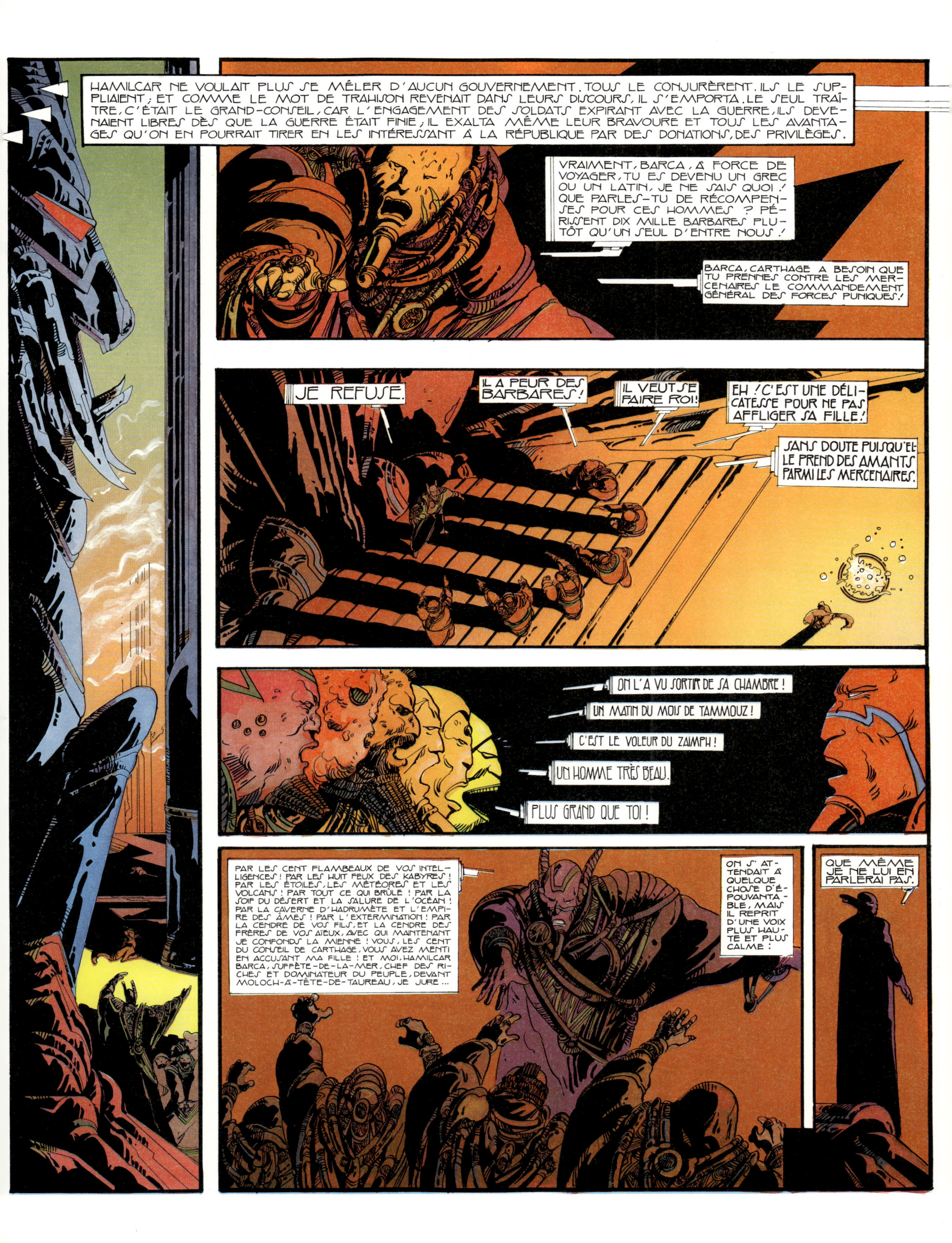

HAMILCAR NE VOULAIT PLUS SE MÊLER D'AUCUN GOUVERNEMENT. TOUS LE CONJURÈRENT. ILS LE SUPPLIAIENT ; ET COMME LE MOT DE TRAHISON REVENAIT DANS LEURS DISCOURS, IL S'EMPORTA. LE SEUL TRAÎTRE, C'ÉTAIT LE GRAND-CONSEIL, CAR L'ENGAGEMENT DES SOLDATS EXPIRANT AVEC LA GUERRE, ILS DEVENAIENT LIBRES DÈS QUE LA GUERRE ÉTAIT FINIE, IL EXALTA MÊME LEUR BRAVOURE ET TOUS LES AVANTAGES QU'ON EN POURRAIT TIRER EN LES INTÉRESSANT À LA RÉPUBLIQUE PAR DES DONATIONS, DES PRIVILÈGES.

VRAIMENT, BARCA, A FORCE DE VOYAGER, TU ES DEVENU UN GREC OU UN LATIN, JE NE SAIS QUOI ! QUE PARLES-TU DE RÉCOMPENSES POUR CES HOMMES ? PÉRISSENT DIX MILLE BARBARES PLUTÔT QU'UN SEUL D'ENTRE NOUS !

BARCA, CARTHAGE A BESOIN QUE TU PRENNES CONTRE LES MERCENAIRES LE COMMANDEMENT GÉNÉRAL DES FORCES PUNIQUES !

JE REFUSE.

IL A PEUR DES BARBARES !

IL VEUT SE FAIRE ROI !

EH ! C'EST UNE DÉLICATESSE POUR NE PAS AFFLIGER SA FILLE !

SANS DOUTE PUISQU'ELLE PREND DES AMANTS PARMI LES MERCENAIRES.

ON L'A VU SORTIR DE SA CHAMBRE !

UN MATIN DU MOIS DE TAMMOUZ !

C'EST LE VOLEUR DU ZAÏMPH !

UN HOMME TRÈS BEAU.

PLUS GRAND QUE TOI !

PAR LES CENT FLAMBEAUX DE VOS INTELLIGENCES ! PAR LES HUIT FEUX DES KABYRES ! PAR LES ÉTOILES, LES MÉTÉORES ET LES VOLCANS ! PAR TOUT CE QUI BRÛLE ! PAR LA SOIF DU DÉSERT ET LA SALURE DE L'OCÉAN ! PAR LA CAVERNE D'HADRUMÈTE ET L'EMPIRE DES ÂMES ! PAR L'EXTERMINATION ! PAR LA CENDRE DE VOS FILS, ET LA CENDRE DES FRÈRES DE VOS AÏEUX, AVEC QUI MAINTENANT JE CONFONDS LA MIENNE ! VOUS, LES CENT DU CONSEIL DE CARTHAGE, VOUS AVEZ MENTI EN ACCUSANT MA FILLE ! ET MOI, HAMILCAR BARCA, SUFFÈTE-DE-LA-MER, CHEF DES RICHES ET DOMINATEUR DU PEUPLE, DEVANT MOLOCH-À-TÊTE-DE-TAUREAU, JE JURE...

ON S'ATTENDAIT À QUELQUE CHOSE D'ÉPOUVANTABLE, MAIS IL REPRIT D'UNE VOIX PLUS HAUTE ET PLUS CALME :

QUE MÊME JE NE LUI EN PARLERAI PAS.

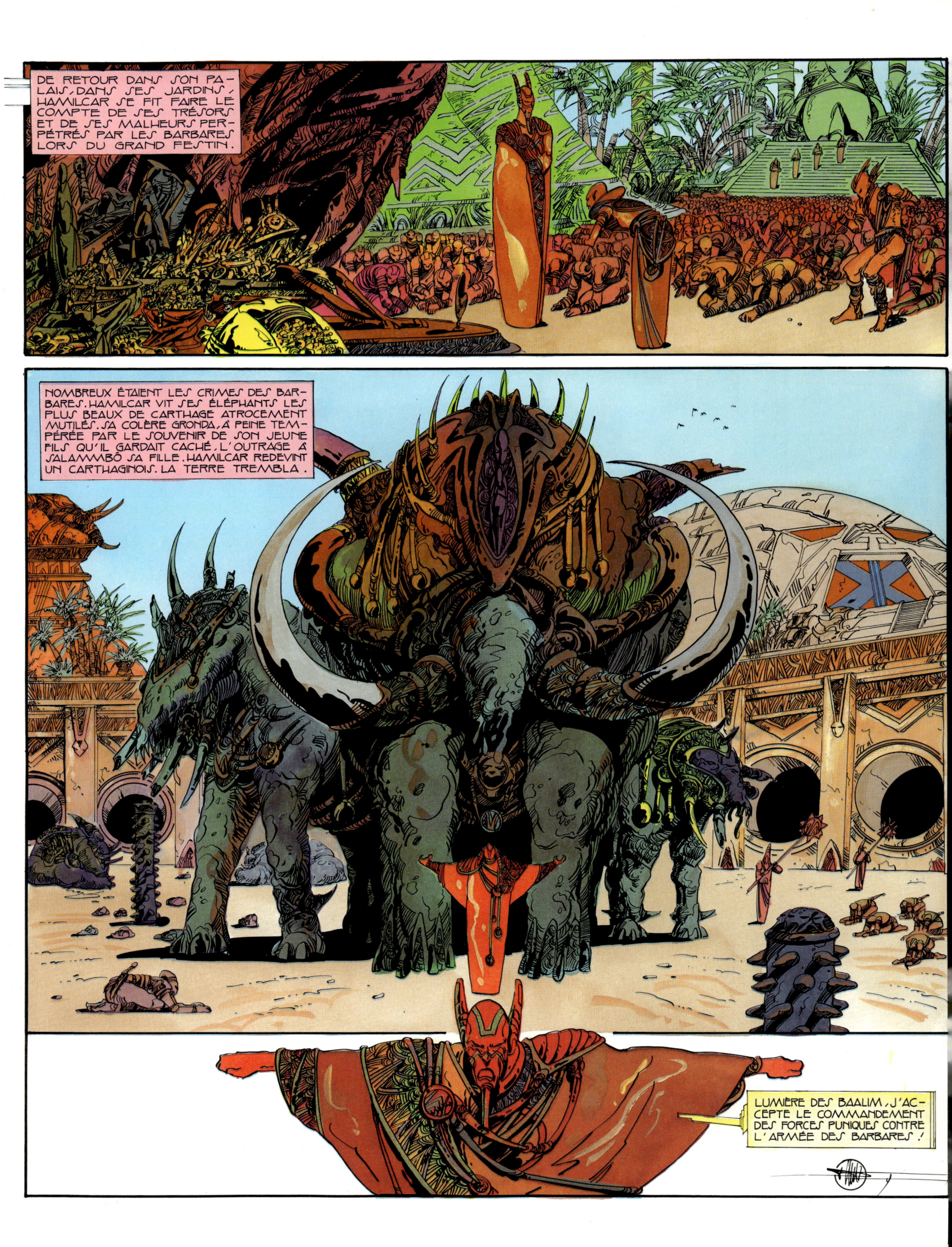

DE RETOUR DANS SON PALAIS, DANS SES JARDINS, HAMILCAR SE FIT FAIRE LE COMPTE DE SES TRÉSORS ET DE SES MALHEURS PERPÉTRÉS PAR LES BARBARES LORS DU GRAND FESTIN.

NOMBREUX ÉTAIENT LES CRIMES DES BARBARES. HAMILCAR VIT SES ÉLÉPHANTS LES PLUS BEAUX DE CARTHAGE ATROCEMENT MUTILÉS. SA COLÈRE GRONDA, À PEINE TEMPÉRÉE PAR LE SOUVENIR DE SON JEUNE FILS QU'IL GARDAIT CACHÉ, L'OUTRAGE À SALAMMBÔ SA FILLE. HAMILCAR REDEVINT UN CARTHAGINOIS. LA TERRE TREMBLA.

LUMIÈRE DES BAALIM, J'ACCEPTE LE COMMANDEMENT DES FORCES PUNIQUES CONTRE L'ARMÉE DES BARBARES!

LA BATAILLE DU MACAR

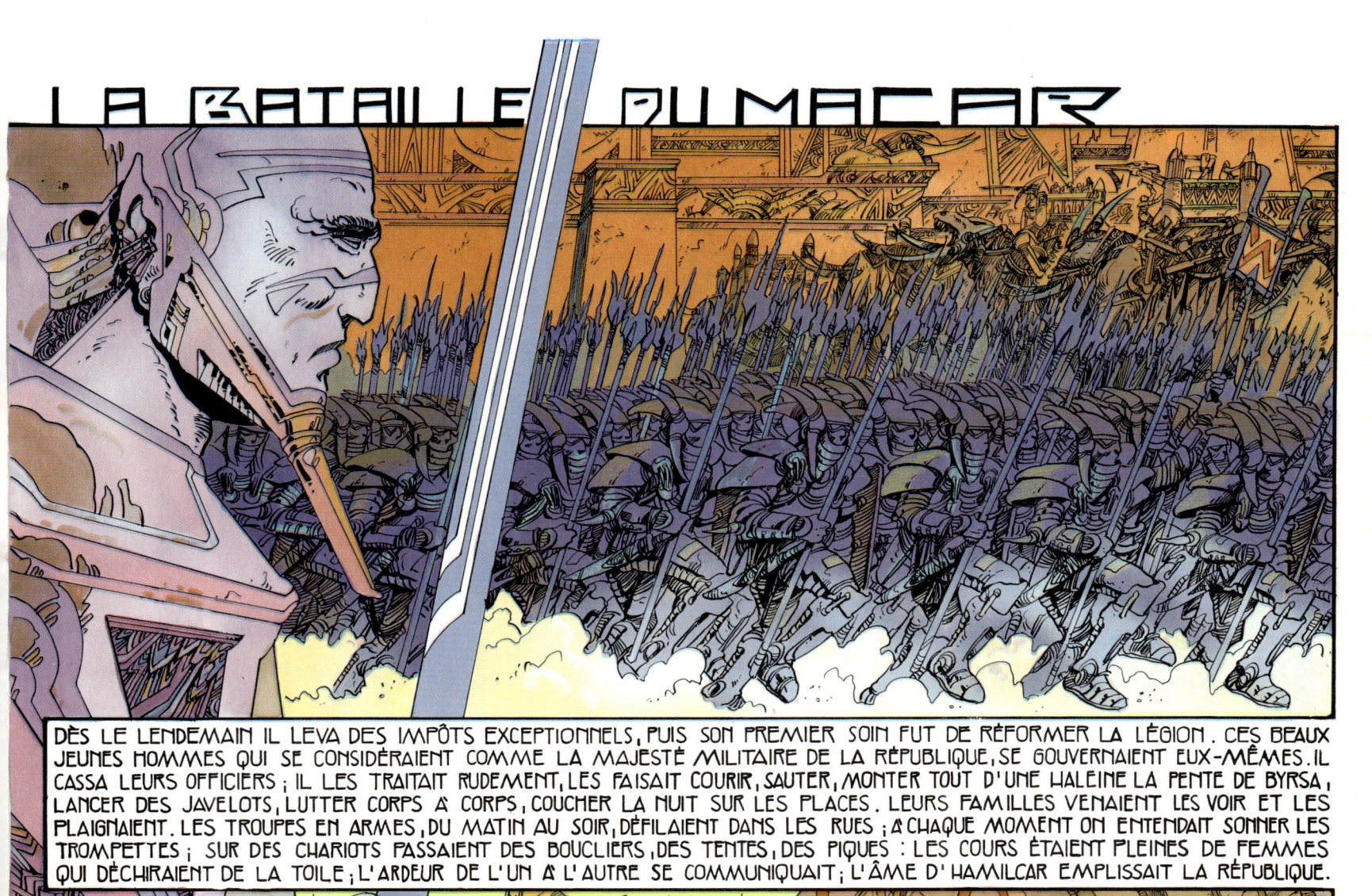

Dès le lendemain il leva des impôts exceptionnels, puis son premier soin fut de réformer la légion. Ces beaux jeunes hommes qui se considéraient comme la majesté militaire de la République, se gouvernaient eux-mêmes. Il cassa leurs officiers ; il les traitait rudement, les faisait courir, sauter, monter tout d'une haleine la pente de Byrsa, lancer des javelots, lutter corps à corps, coucher la nuit sur les places. Leurs familles venaient les voir et les plaignaient. Les troupes en armes, du matin au soir, défilaient dans les rues ; à chaque moment on entendait sonner les trompettes ; sur des chariots passaient des boucliers, des tentes, des piques : les cours étaient pleines de femmes qui déchiraient de la toile ; l'ardeur de l'un à l'autre se communiquait ; l'âme d'Hamilcar emplissait la République.

« DEBOUT, EFFAÇONS LES SIÈCLES DE REPTATION. SUS AU MAÎTRE ÉTERNEL. MANGEONS-LEUR LE SEXE ! FRAPPEZ ! FRAPPEZ LE BRONZE QUI RECOUVRE VOS POITRINES. LE BRUIT TERRIBLE DE LA FUREUR TROP LONGTEMPS CONTENUE. ENTENDEZ-LE SOUS VOS REMPARTS. VOLEURS DE VIE, IL BRISERA VOS DÉFENSES. »

LE CAMP MERCENAIRE S'AGITAIT SOUS LA FRÉNÉSIE DE LA PRÉPARATION AU COMBAT. LE RETOUR D'HAMILCAR N'AVAIT POINT SURPRIS LES MERCENAIRES ; CET HOMME, DANS LEURS IDÉES, NE POUVAIT PAS MOURIR. IL REVENAIT POUR ACCOMPLIR SES PROMESSES ; ESPÉRANCE QUI N'AVAIT RIEN D'ABSURDE, TANT L'ABÎME ÉTAIT PROFOND ENTRE LA PATRIE ET L'ARMÉE. D'AILLEURS, ILS NE SE CROYAIENT POINT COUPABLES ; ON AVAIT OUBLIÉ LE FESTIN. TOUT VALAIT MIEUX À PRÉSENT QUE D'ATTENDRE. LES DEUX SIÈGES LES ACCABLAIENT D'ENNUI, RIEN N'AVANÇAIT ; MIEUX VALAIT UNE BATAILLE. LE RESSENTIMENT QUE MATHO GARDAIT À SALAMMBÔ SE TOURNA CONTRE HAMILCAR. SA HAINE, MAINTENANT, APERCEVAIT UNE PROIE DÉTERMINÉE ; ET COMME LA VENGEANCE DEVENAIT PLUS FACILE À CONCEVOIR, IL CROYAIT PRESQUE LA TENIR ET DÉJÀ S'Y DÉLECTAIT. EN MÊME TEMPS IL ÉTAIT PRIS D'UNE TENDRESSE PLUS HAUTE DÉVORÉ PAR UN DÉSIR PLUS ÂCRE. MATHO ARRIVA CHEZ SPENDIUS ET LUI DIT : " TU VAS PRENDRE TES HOMMES, J'AMÈNERAI LES MIENS. AVERTIS AUTHARITE ! NOUS SOMMES PERDUS SI HAMILCAR NOUS ATTAQUE ! M'ENTENDS-TU ? LÈVE-TOI ! " NARR'HAVAS, QUI VAGABONDAIT ENTRE LES TROIS ARMÉES, SE TROUVAIT ALORS PRÈS DE LUI. IL APPUYA SON OPINION, ET MÊME LE BLÂMA LE LIBYEN DE VOULOIR, PAR UN EXCÈS DE COURAGE, ABANDONNER LEUR ENTREPRISE.

« VA-T'EN SI TU AS PEUR ! TU NOUS AVAIS PROMIS DE LA POIX, DU SOUFRE, DES ÉLÉPHANTS, DES FANTASSINS, DES CHEVAUX ! OÙ SONT-ILS ? »

« PATIENCE, SEIGNEUR, PATIENCE ! AIE CONFIANCE ! JE T'AI TOUJOURS LOYALEMENT SERVI... »

SPENDIUS, AVEC QUINZE MILLE HOMMES, SE PORTA JUSQU'AU PONT BÂTI SUR LE MACAR À TROIS MILLES D'UTIQUE ; ON EN FORTIFIA LES ANGLES SUR QUATRE TOURS ÉNORMES GARNIES DE CATAPULTES. SANS DOUTE HAMILCAR NE PRENDRAIT PAS COMME HANNON PAR LA MONTAGNE DES EAUX-CHAUDES. IL DEVAIT PENSER QU'AUTHARITE, MAÎTRE DE L'INTÉRIEUR, LUI FERMERAIT LA ROUTE. PUIS UN ÉCHEC AU DÉBUT DE LA CAMPAGNE LE PERDRAIT, TANDIS QUE LA VICTOIRE SERAIT À RECOMMENCER BIENTÔT, LES MERCENAIRES ÉTANT PLUS LOIN. IL POUVAIT ENCORE DÉBARQUER AU CAP DES RAISINS, ET DE LÀ MARCHER SUR UNE DES VILLES. MAIS IL SE TROUVAIT ALORS ENTRE LES DEUX ARMÉES, IMPRUDENCE DONT IL N'ÉTAIT PAS CAPABLE AVEC DES FORCES PEU NOMBREUSES. DONC IL DEVAIT LONGER LA BASE DE L'ARIANA PUIS TOURNER À GAUCHE POUR ÉVITER LES EMBOUCHURES DU MACAR ET VENIR DROIT AU PONT. C'EST LÀ QUE MÂTHO L'ATTENDAIT.

ALLEZ MAINTENANT FILS DE CARTHAGE, ALLEZ PLONGER LE FER DÉVASTATEUR DANS LA CHAIR BARBARE !

AU COUCHER DU SOLEIL, L'ARMÉE SORTIT PAR LA PORTE OCCIDENTALE ; MAIS, AU LIEU DE PRENDRE LE CHEMIN DE TUNIS OU DE GAGNER LES MONTAGNES DANS LA DIRECTION D'UTIQUE, ON CONTINUA PAR LE BORD DE LA MER ; ET BIENTÔT ILS ATTEIGNIRENT LA LAGUNE, OÙ DES PLACES RONDES, TOUTES BLANCHES DE SEL, MIROITAIENT COMME DE GIGANTESQUES PLATS D'ARGENT, OUBLIÉS SUR LE RIVAGE. LA TROUPE RIAIT, SÛRE DE SA VICTOIRE, LES CRIS JOYEUX ACCOMPAGNAIENT LE SOUFFLE PUISSANT DES ÉLÉPHANTS.

LE SUFFÈTE ORDONNA QUE TRENTE-DEUX DES ÉLÉPHANTS SE PLACERAIENT DANS LE FLEUVE CENT PA[S] PLUS LOIN, TANDIS QUE LES AUTRES PLUS BAS, ARRÊTERAIENT LES LIGNES D'HOMMES EMPORTÉES PA[R] LE COURANT ; ET TOUS, EN TENANT LEURS ARMES AU-DESSUS DE LEUR TÊTE, TRAVERSÈRENT LE MACA[R] COMME ENTRE DEUX MURAILLES : IL AVAIT REMARQUÉ QUE LE VENT D'OUEST, EN POUSSANT LES SA- BLES, OBSTRUAIT LE FLEUVE ET FORMAIT DANS SA LARGEUR UNE CHAUSSÉE NATURELLE. MAINTENAN[T] IL ÉTAIT SUR LA RIVE GAUCHE EN FACE D'UTIQUE, ET DANS UNE VASTE PLAINE, AVANTAGE POUR SE[S] ÉLÉPHANTS QUI FAISAIENT LA FORCE DE SON ARMÉE. CE TOUR DE GÉNIE ENTHOUSIASMA LES SOLDATS

NE CONFIANCE EXTRAORDINAIRE LEUR REVENAIT. ILS VOULAIENT TOUT DE SUITE COURIR AUX BARBARES. LE UFFÈTE LES FIT SE REPOSER PENDANT DEUX HEURES. DÈS QUE LE SOLEIL PARUT, ON S'ÉBRANLA DANS LA LAINE SUR TROIS LIGNES : LES ÉLÉPHANTS D'ABORD, L'INFANTERIE LÉGÈRE AVEC LA CAVALERIE DERRIÈRE LLE, LA PHALANGE MARCHAIT ENSUITE. LES BARBARES CAMPÉS À UTIQUE ET LES QUINZE MILLE AUTOUR DU PONT URENT SURPRIS DE VOIR AU LOIN LA TERRE ONDULER. LE VENT SOUFFLAIT TRÈS FORT, CHASSAIT DES TOURBIL- ONS DE SABLE ; ILS SE LEVAIENT COMME ARRACHÉS DU SOL, MONTAIENT PAR GRANDS LAMBEAUX DE COULEUR LONDE, PUIS SE DÉCHIRAIENT ET RECOMMENÇAIENT TOUJOURS, EN CACHANT AUX MERCENAIRES L'ARMÉE PUNIQUE.

> HAMILCAR LE CHEF SUPRÊME, SANS ARMES, AVEC SEUL SON BÂTON DE COMMANDEMENT. CE SONT LES AUTRES QUI TUENT À SA PLACE. SEUL LE SANG VERSÉ PAR SA FAMILLE PEUT L'ATTEINDRE. TOUT DOIT PÉRIR POUR LA SAUVEGARDE DES PRIVILÈGES DE CARTHAGE, LE BIEN-ÊTRE DE CARTHAGE, LE PROFIT DE CARTHAGE, LES DIEUX DE CARTHAGE. C'EST À TOUT CELA QUE PENSE HAMILCAR, SUR SON CHAR DE COMBAT. ALORS QUI SONT CES FOUS QUI OSENT BRAVER UNE TELLE PUISSANCE ?

LES DEUX ARMÉES SE REJOIGNIRENT TOUTES LES DEUX SI RAPIDEMENT QUE LE SUFFÈTE N'EUT PAS LE TEMPS DE RANGER SES HOMMES EN BATAILLE. PEU À PEU, IL SE RALENTISSAIT. LES ÉLÉPHANTS S'ARRÊTÈRENT; ILS BALANÇAIENT LEURS LOURDES TÊTES, CHARGÉES DE PLUMES D'AUTRUCHE, TOUT EN SE FRAPPANT LES ÉPAULES AVEC LEUR TROMPE.

MAIS L'ARMÉE CARTHAGINOISE, GROSSE DE ONZE MILLE TROIS CENT QUATRE-VINGT-SEIZE HOMMES SEMBLAIT À PEINE LES CONTENIR, CAR ELLE FORMAIT UN CARRÉ LONG, ÉTROIT DES FLANCS ET RESSERRÉ SUR SOI-MÊME. EN LES VOYANT SI FAIBLES, LES BARBARES FURENT PRIS D'UNE JOIE DÉSORDONNÉE; ON N'APERCEVAIT PAS HAMILCAR. IL ÉTAIT RESTÉ LÀ-BAS, PEUT-ÊTRE? QU'IMPORTAIT D'AILLEURS! LE DÉDAIN QU'ILS AVAIENT DE CES MARCHANDS RENFORÇAIT LEUR COURAGE; ET AVANT QUE SPENDIUS EÛT COMMANDÉ LA MANŒUVRE, TOUS L'AVAIENT COMPRISE ET L'EXÉCUTAIENT. ILS SE DÉVELOPPÈRENT SUR UNE GRANDE LIGNE DROITE, QUI DÉBORDAIT LES AILES DE L'ARMÉE PUNIQUE, AFIN DE L'ENVELOPPER COMPLÈTEMENT.

MAIS QUAND ON FUT À TROIS CENTS PAS D'INTERVALLE, LES ÉLÉPHANTS, AU LIEU D'AVANCER, SE RETOURNÈRENT; PUIS VOILÀ QUE LES CLINABARES, FAISANT VOLTE-FACE, LES SUIVIRENT; ET LA SURPRISE DES MERCENAIRES REDOUBLA EN APERCEVANT TOUS LES HOMMES DE TRAIT QUI COURAIENT POUR LES REJOINDRE. LES CARTHAGINOIS AVAIENT DONC PEUR. ILS FUYAIENT!

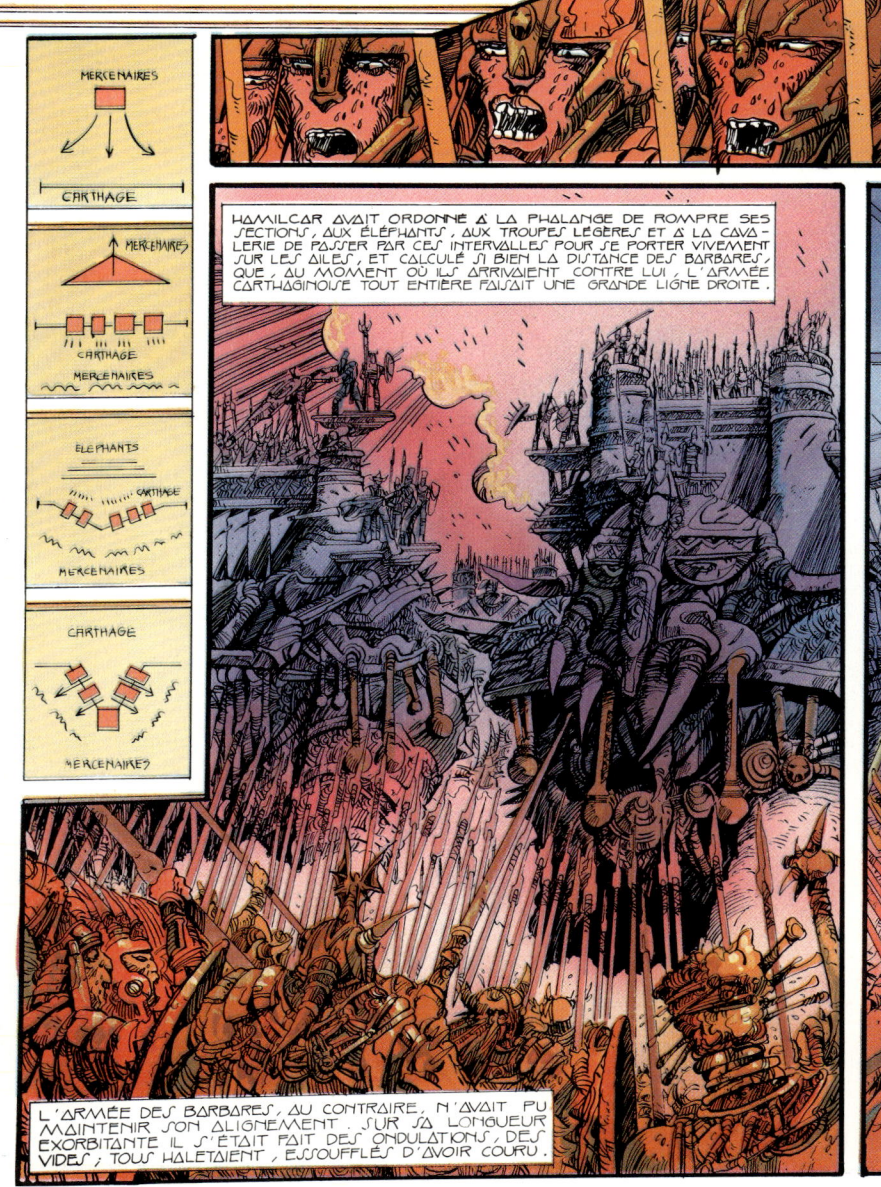

AH! JE LE SAVAIS BIEN! EN AVANT! EN AVANT!

ALORS LES JAVELOTS, LES DARDS, LES BALLES DES FRONDES JAILLIRENT À LA FOIS. LES ÉLÉPHANTS, LA CROUPE PIQUÉE PAR LES FLÈCHES, SE MIRENT À GALOPER PLUS VITE; UNE GROSSE POUSSIÈRE LES ENVELOPPAIT, ET, COMME DES OMBRES DANS UN NUAGE, ILS S'ÉVANOUIRENT.

MERCENAIRES
CARTHAGE

MERCENAIRES
CARTHAGE
MERCENAIRES

ÉLÉPHANTS
CARTHAGE
MERCENAIRES

CARTHAGE
MERCENAIRES

HAMILCAR AVAIT ORDONNÉ À LA PHALANGE DE ROMPRE SES SECTIONS, AUX ÉLÉPHANTS, AUX TROUPES LÉGÈRES ET À LA CAVALERIE DE PASSER PAR CES INTERVALLES POUR SE PORTER VIVEMENT SUR LES AILES, ET CALCULÉ SI BIEN LA DISTANCE DES BARBARES, QUE, AU MOMENT OÙ ILS ARRIVÈRENT CONTRE LUI, L'ARMÉE CARTHAGINOISE TOUT ENTIÈRE FAISAIT UNE GRANDE LIGNE DROITE.

LA PHALANGE CARTHAGINOISE S'ÉBRANLA LOURDEMENT EN POUSSANT TOUTES SES SARISSES; SOUS CE POIDS ÉNORME LA LIGNE DES MERCENAIRES, TROP MINCE, BIENTÔT PLIA PAR LE MILIEU. LE PÉRIL ÉTAIT IMMINENT ET UNE RÉSOLUTION URGENTE. SPENDIUS ORDONNA D'ATTAQUER LA PHALANGE SIMULTANÉMENT PAR LES DEUX FLANCS, AFIN DE PASSER TOUT AU TRAVERS.

L'ARMÉE DES BARBARES, AU CONTRAIRE, N'AVAIT PU MAINTENIR SON ALIGNEMENT. SUR SA LONGUEUR EXORBITANTE IL S'ÉTAIT FAIT DES ONDULATIONS, DES VIDES; TOUS HALETAIENT, ESSOUFFLÉS D'AVOIR COURU.

ILS FRAPPAIENT SUR LA HAMPE DES SARISSES, MAIS LA CAVALERIE, PAR DERRIÈRE, LES GÊNAIT LEUR ATTAQUE; ET LA PHALANGE, APPUYÉE AUX ÉLÉPHANTS, SE RESSERRAIT ET S'ALLONGEAIT.

16.

LES LANCES S'INCLI-
NAIENT ET SE RELE-
VAIENT, ALTERNATI-
VEMENT. AILLEURS
C'ÉTAIT UNE AGITA-
TION DE GLAIVES NUS SI PRÉCIPITÉE QUE
LES POINTES SEULES APPARAISSAIENT, ET
DES TURMES DE CAVALERIE ÉLARGISSAIENT DES CERCLES, QUI SE REFERMAIENT DERRIÈRE ELLES EN TOURBILLONNANT. LES BLESSÉS,
S'ABRITANT D'UN BRAS SOUS LEUR BOUCLIER, TENDAIENT LEUR ÉPÉE EN APPUYANT LE POMMEAU CONTRE LE SOL, ET D'AUTRES, DANS
DES MARES DE SANG, SE RETOURNAIENT POUR MORDRE LES TALONS. QUAND LES MAINS ÉTAIENT VIDES, ON S'ÉTREIGNAIT CORPS À CORPS;
LES POITRINES CRAQUAIENT CONTRE LES CUIRASSES ET DES CADAVRES PENDAIENT LA TÊTE EN ARRIÈRE, ENTRE DEUX BRAS CRISPÉS.

IL Y EUT UNE COMPAGNIE DE SOIXANTE OMBRIENS
QUI, FERMES SUR LEURS JARRETS, LA PIQUE
DEVANT LES YEUX, INÉBRANLABLES ET GRINÇANT
DES DENTS, FORCÈRENT À RECULER DEUX SYN-
TAGMES À LA FOIS. LA PHALANGE COMMEN-
ÇAIT À OSCILLER, LES CAPITAINES COURAIENT ÉPER-
DUS, LES SERRE-FILES POUSSAIENT LES SOL-
DATS, ET LES BARBARES S'ÉTAIENT REFORMÉS;
ILS REVENAIENT; LA VICTOIRE ÉTAIT POUR EUX.

MAIS UN CRI ÉPOUVANTABLE ÉCLATA, UN RUGISSEMENT DE DOULEUR ET DE COLÈRE : C'ÉTAIENT LES SOIXANTE-DOUZE ÉLÉPHANTS QUI SE PRÉCIPITAIENT SUR UNE DOUBLE LIGNE ; HAMILCAR AYANT ATTENDU QUE LES MERCENAIRES FUSSENT TASSÉS EN UNE SEULE PLACE POUR LES LÂCHER CONTRE EUX ; AVEC LEURS TROMPES, ILS ÉTOUFFAIENT LES HOMMES ; OU BIEN LES ARRACHANT DU SOL, PAR-DESSUS LEUR TÊTE ILS LES LIVRAIENT AUX SOLDATS DANS LEURS TOURS ; AVEC LEURS DÉFENSES, ILS LES ÉVENTRAIENT, LES LANÇAIENT EN L'AIR, ET DE LONGUES ENTRAILLES PENDAIENT À LEURS CROCS D'IVOIRE COMME DES PAQUETS DE CORDAGES À DES MÂTS

LES BARBARES TÂCHAIENT DE LEUR CREVER LES YEUX, DE LEUR COUPER LES JARRETS ; D'AUTRES SE GLISSANT SOUS LEUR VENTRE Y ENFONÇAIENT UN GLAIVE JUSQU'À LA GARDE ET PÉRISSAIENT ÉCRASÉS ; LES PLUS INTRÉPIDES SE CRAMPONNAIENT À LEURS COURROIES. SOUS LES FLAMMES, SOUS LES BALLES, SOUS LES FLÈCHES, ILS CONTINUAIENT À SCIER LES CUIRS, ET LA TOUR D'OSIER S'ÉCROULAIT COMME UNE TOUR DE PIERRE.

LES BÊTES ÉNORMES S'AFFAISSÈRENT, TOMBÈRENT LES UNES PAR-DESSUS LES AUTRES. CE FUT COMME UNE MONTAGNE; ET SUR CE TAS DE CADAVRES ET D'ARMURES, UN ÉLÉPHANT MONSTRUEUX QU'ON APPELAIT *FUREUR DE BAAL*, PRIS PAR LA JAMBE ENTRE DES CHAÎNES, RESTA JUSQU'AU SOIR À HURLER, AVEC UNE FLÈCHE DANS L'ŒIL.

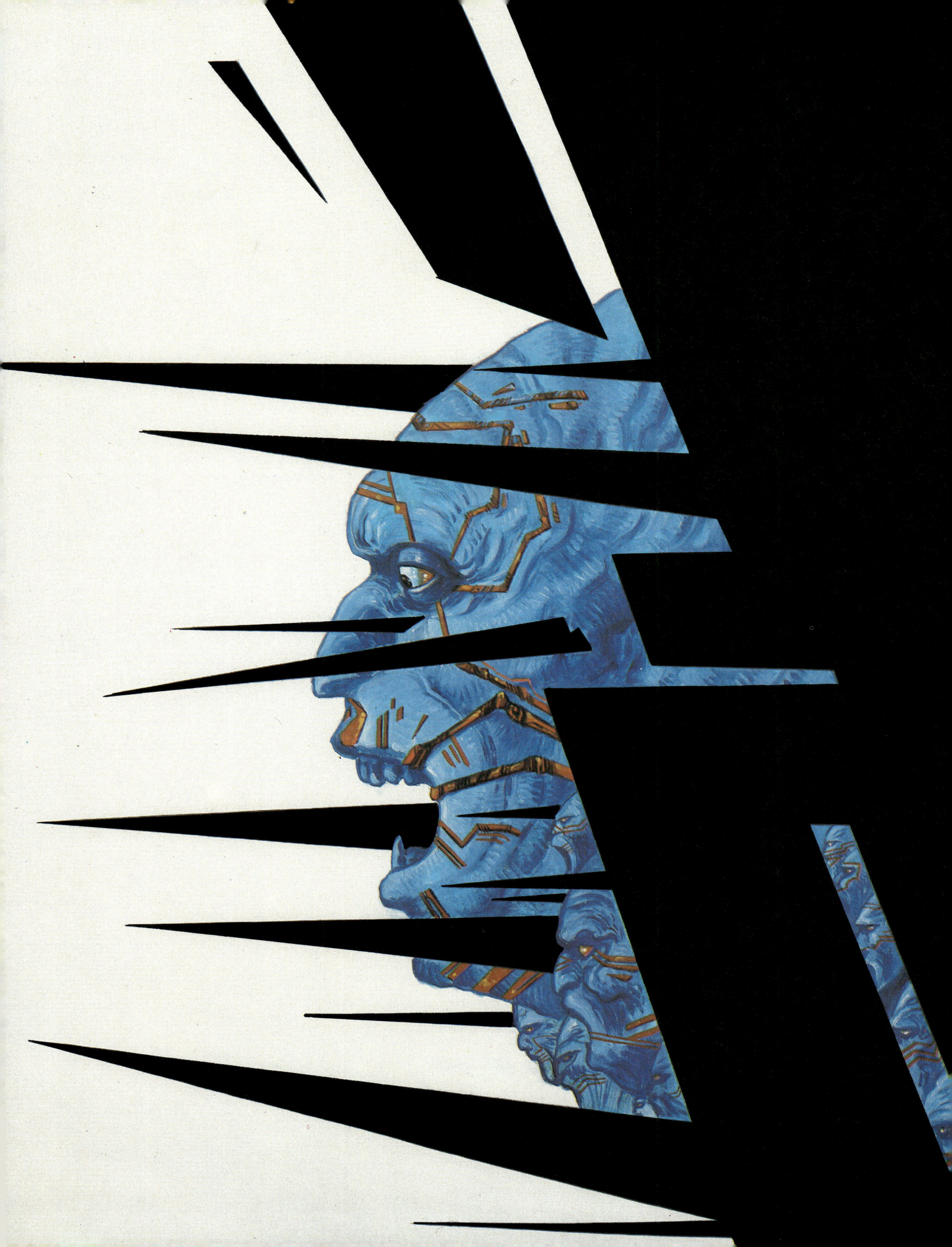

CEPENDANT LES AUTRES, COMME DES CONQUÉRANTS QUI SE DÉLECTENT DANS LEUR EXTERMINATION, RENVERSAIENT, ÉCRASAIENT, PIÉTINAIENT, S'ACHARNAIENT AUX CADAVRES, AUX DÉBRIS. POUR REPOUSSER LES MANIPULES SERRÉS EN COURONNE AUTOUR D'EUX, ILS PIVOTAIENT SUR LEURS PIEDS DE DERRIÈRE, DANS UN MOUVEMENT DE ROTATION CONTINUELLE, EN AVANÇANT TOUJOURS. LES CARTHAGINOIS SENTIRENT REDOUBLER LEUR VIGUEUR, ET LA BATAILLE RECOMMENÇA.

LES BARBARES FAIBLISSAIENT ; DES HOPLITES GRECS JETÈRENT LEURS ARMES ; UNE ÉPOUVANTE PRIT LES AUTRES. ON APERÇUT SPENDIUS PENCHÉ SUR SON DROMADAIRE ET QUI L'ÉPERONNAIT AUX ÉPAULES AVEC DEUX JAVELOTS. TOUS ALORS SE PRÉCIPITÈRENT PAR LES AILES ET COURURENT VERS UTIQUE.

LA NUIT TOMBA. LES CARTHAGINOIS, LES BARBARES AVAIENT DISPARU. LES ÉLÉPHANTS, QUI S'ÉTAIENT ENFUIS, VAGABONDAIENT À L'HORIZON AVEC LEURS TOURS INCENDIÉES. ELLES BRÛLAIENT DANS LES TÉNÈBRES, ÇÀ ET LÀ COMME DES PHARES À DEMI PERDUS DANS LA BRUME. ET L'ON N'APERCEVAIT D'AUTRE MOUVEMENT SUR LA PLAINE QUE L'ONDULATION DU FLEUVE, EXHAUSSÉ PAR LES CADAVRES ET QUI LES CHARRIAIT À LA MER.

LA PHALANGE EXTERMINA COMMODÉMENT TOUT CE QUI RESTAIT DE BARBARES. QUAND ARRIVAIENT LES ÉPÉES, ILS TENDAIENT LA GORGE EN FERMANT LES PAUPIÈRES. D'AUTRES SE DÉFENDIRENT À OUTRANCE ; ON LES ASSOMMA DE LOIN, SOUS DES CAILLOUX, COMME DES CHIENS ENRAGÉS. HAMILCAR AVAIT RECOMMANDÉ DE FAIRE DES CAPTIFS. MAIS LES CARTHAGINOIS LUI OBÉISSAIENT AVEC RANCUNE, TANT ILS SE SENTAIENT DE PLAISIR À ENFONCER LEURS GLAIVES DANS LES CORPS BARBARES. COMME ILS AVAIENT TROP CHAUD, ILS SE MIRENT À TRAVAILLER NU-BRAS, À LA MANIÈRE DES FAUCHEURS.

TERRIBLE IMPRÉCATION QUE CES OS BROYÉS DRESSÉS VERS LE CIEL, À QUOI SERVENT CES SCULPTURES DE LA DOULEUR, INÉVITABLES CHEMINS DE LA LIBERTÉ PAVÉS DU ROUGE BRÛLANT DU SANG ?

DEUX HEURES APRÈS, MATHO ARRIVA. IL ENTREVIT À LA CLARTÉ DES ÉTOILES, DE LONGS TAS INÉGAUX COUCHÉS PAR TERRE. C'ÉTAIENT DES FILES DE BARBARES. IL SE BAISSA ; TOUS ÉTAIENT MORTS. IL APPELA AU LOIN ; AUCUNE VOIX NE LUI RÉPONDIT.

LE MATIN MÊME, IL AVAIT QUITTÉ HIPPO-ZARYTE AVEC SES SOLDATS POUR MARCHER SUR CARTHAGE. À UTIQUE, L'ARMÉE DE SPENDIUS VENAIT DE PARTIR, ET LES HABITANTS COMMENÇAIENT À INCENDIER LES MACHINES. TOUS S'ÉTAIENT BATTUS AVEC ACHARNEMENT. MAIS LE TUMULTE QUI SE FAISAIT VERS LE PONT REDOUBLANT D'UNE FAÇON INCOMPRÉHENSIBLE, MATHO S'ÉTAIT JETÉ, PAR LE PLUS COURT CHEMIN, À TRAVERS LA MONTAGNE, ET COMME LES BARBARES S'ENFUYAIENT PAR LA PLAINE, IL N'AVAIT RENCONTRÉ PERSONNE.

SPENDIUS ?

VAINCUS ?
OUI, VAINCUS !
MISÉRABLE ! UNE FOIS DÉJÀ...
TU N'Y ÉTAIS PAS NON PLUS.
C'EST UNE MALÉDICTION ! À LA FIN POURTANT, JE L'ATTEINDRAI ! JE LE VAINCRAI ! JE LE TUERAI ! AH ! SI J'AVAIS ÉTÉ LÀ...
MAIS COMMENT LES CARTHAGINOIS VOUS ONT-ILS BATTUS ?
L'ANCIEN ESCLAVE SE MIT À RACONTER LES MANŒUVRES. MÂTHO CROYAIT LES VOIR ET IL S'IRRITAIT. L'ARMÉE D'UTIQUE, AU LIEU DE COURIR VERS LE PONT, AURAIT DU PRENDRE HAMILCAR PAR DERRIÈRE.
IL FALLAIT DOUBLER TES PROFONDEURS, NE PAS COMPROMETTRE LES VÉLITES CONTRE LA PHALANGE, DONNER DES ISSUES AUX ÉLÉPHANTS. AU DERNIER MOMENT ON POUVAIT TOUT REGAGNER ; RIEN NE FORÇAIT À FUIR !
JE L'AI VU PASSER DANS SON GRAND MANTEAU ROUGE, LES BRAS LEVÉS, PLUS HAUT QUE LA POUSSIÈRE, COMME UN AIGLE QUI VOLAIT AU FLANC DES COHORTES ; ET, À TOUS LES SIGNES DE SA TÊTE, ELLES SE RESSERRAIENT, S'ÉLANÇAIENT ; LA FOULE NOUS A ENTRAÎNÉS L'UN VERS L'AUTRE ; IL ME REGARDAIT ; J'AI SENTI DANS MON CŒUR COMME LE FROID D'UNE ÉPÉE.
MAÎTRE, MAÎTRE !
IL AURA PEUT-ÊTRE CHOISI LE JOUR ?

Ils s'interrogèrent, tâchant de découvrir ce qui avait amené le suffète précisément dans la circonstance la plus défavorable. Ils en vinrent à causer de la situation, et pour atténuer sa faute ou se redonner à lui-même du courage, Spendius avança qu'il restait encore de l'espoir.

"Qu'il n'en reste plus, n'importe!" dit Mâtho, "tout seul, je continuerai la guerre!"

"Et moi aussi!" s'écria le Grec en bondissant; il marchait à grands pas; ses prunelles étincelaient et un sourire étrange plissait sa figure de chacal.

"Nous recommencerons, ne me quitte plus! Je ne suis pas fait pour les batailles au grand soleil; l'éclat des épées me trouble la vue; c'est une maladie, j'ai trop longtemps vécu dans l'ergastule. Mais donne-moi des murailles à escalader la nuit, et j'entrerai dans les citadelles, et les cadavres seront froids avant que les coqs aient chanté! Montre-moi quelqu'un, quelque chose, un ennemi, un trésor, une femme"; il répéta; "une femme, fût-elle la fille d'un roi, et j'apporterai vivement ton désir devant tes pieds. Tu me reproches d'avoir perdu la bataille contre Hannon, je l'ai regagnée pourtant. Avoue-le! Mon troupeau de porcs nous a plus servi qu'une phalange de Spartiates.

Maître, à présent les Carthaginois sont sûrs de leur victoire. Tu as toute une armée qui n'a pas combattu, et tes hommes t'obéissent, à toi. Place-les en avant; les miens, pour se venger, marcheront. Il me reste trois mille Cariens, douze cents frondeurs et des archers, des cohortes entières! On peut même former une phalange, retournons!"

SUIS-MOI, MARCHONS.

Mais les éclaireurs, quand ils furent revenus, annoncèrent que les morts des Carthaginois étaient enlevés, le pont tout en ruine et Hamilcar disparu.

Hamilcar avait pensé que les mercenaires l'attendraient à Utique ou qu'ils reviendraient contre lui, et ne trouvant pas ses forces suffisantes pour donner l'attaque ou pour la recevoir, il s'était enfoncé dans le sud par la rive droite du fleuve, ce qui le mettait immédiatement à couvert d'une surprise. Il voulait, fermant d'abord les yeux sur leur révolte, détacher toutes les tribus de la cause des barbares ; puis, quand ils seraient bien isolés au milieu des provinces, il tomberait sur eux et les exterminerait en quatorze jours. Il pacifia la région comprise entre Thouccaber et Utique, avec les villes de Tignicabah, Tessourah, Vacca et d'autres encore à l'occident pour éblouir le peuple. Hamilcar, dès le lendemain de la victoire, avait envoyé à Carthage les deux mille captifs faits sur le champ de bataille. Les mercenaires furent effroyablement torturés par les habitants de la ville entière. Hamilcar réorganisait son armée. Matho rassemblait ses troupes, Narr'Havas refit son apparition avec des troupes fraîches et de nouveaux éléphants. Hamilcar parcourait le pays, insaisissable, les mercenaires s'épuisaient à le poursuivre. Hannon, lui, pendant ce temps, dressait Carthage contre le suffète qui ne se hâtait pas dans sa victoire définitive. Bientôt Carthage la versatile conspua Hamilcar, et l'armée punique se retrouva isolée récusant leur aide. Hamilcar poussa son armée vers le nord et, descendant les montagnes Pozaryte, il se trouva en face des trois armées de Spendius, Matho et Autharite

HAMILCAR, DANS LA NUIT, FIT CONSTRUIRE UN CAMP À LA ROMAINE, MAIS, ASSIÉGÉ PAR LES BARBARES, LA FAMINE S'INSTALLA DANS LE CAMP PUNIQUE. LES SORTIES FURENT PAYÉES PAR DE LOURDES PERTES, L'ARMÉE PUNIQUE SE TROUVA PRISONNIÈRE DE SON FORTIN AU CŒUR DU CIRQUE ROCHEUX. LES BARBARES, BIEN NOURRIS, RIAIENT BEAUCOUP. LE DÉSESPOIR S'INSTALLAIT, ET CARTHAGE, À NOUVEAU HOSTILE, NE RÉAGISSAIT PAS. UN INSTANT, DANS SA COLÈRE, HAMILCAR SONGEA À S'ALLIER LES MERCENAIRES POUR LA DÉTRUIRE.

CARTHAGE, ELLE, SE SOUCIAIT D'AUTRE CHOSE ET POUR TOUS, HAMILCAR AURAIT DÛ VAINCRE OU MOURIR PLUS TÔT. UN DÉLIRE FUNÈBRE S'EMPARAIT DE TOUS. LA PEUR, LA HAINE, L'ANGOISSE, L'AFFREUSE INCERTITUDE DU LENDEMAIN LES RENDAIT FOUS. LES HABITANTS SE DÉCHIRAIENT ENTRE EUX QUANT À LA POLITIQUE À ADOPTER. LA PEUR DES BARBARES GRANDISSAIT D'HEURE EN HEURE. LEUR HAINE SE TOURNAIT, IMPLORANTE ET NAÏVE, VERS "MOLOCH-HOMICIDE", LEUR DIEU HIDEUX, ET TOUS SE DÉTOURNAIENT DE TANIT. LA HAINE ENCORE SE DRESSA CONTRE SALAMMBÔ. N'ÉTAIT-ELLE PAS LA CAUSE DE TOUT LE MAL, ELLE À QUI ON AVAIT VOLÉ LE ZAÎMPH, LE VOILE SACRÉ DE TANIT ?

UN DÉSIR IMMENSE D'IMMOLATION SE LEVA À CARTHAGE. IL FALLAIT APAISER LES DIEUX, IL FALLAIT, SANS DOUTE, LEUR OFFRIR QUELQUE CHOSE D'UNE INCALCULABLE VALEUR, UN ÊTRE BEAU, JEUNE, VIERGE, D'ANTIQUE MAISON, ISSU DES DIEUX, UN ASTRE HUMAIN.

SALAMMBÔ... SALAMMBÔ...

-DOM-

CES CLAMEURS DE LA POPULACE N'ÉPOU-
VANTAIENT PAS LA FILLE D'HAMILCAR. EL-
LE ÉTAIT TROUBLÉE PAR DES INQUIÉTUDES
PLUS HAUTES: SON GRAND SERPENT, LE PYTHON
NOIR, LANGUISSAIT, ET LE SERPENT ÉTAIT
POUR LES CARTHAGINOIS UN FÉTICHE À LA
FOIS NATIONAL ET PARTICULIER. ON LE
CROYAIT FILS DU LIMON DE LA TERRE PUIS-
QU'IL ÉMERGE DE SES PROFONDEURS ET
N'A PAS BESOIN DE PIEDS POUR LA PARCOU-
RIR; SA DÉMARCHE RAPPELAIT LES ONDU-
LATIONS DES FLEUVES, SA TEMPÉRATURE
LES ANTIQUES TÉNÈBRES VISQUEUSES PLEI-
NES DE FÉCONDITÉ, ET L'ORBE QU'IL DÉCRIT
EN SE MORDANT LA QUEUE L'ENSEMBLE DES
PLANÈTES, L'INTELLIGENCE D'ESCHMOÛN.

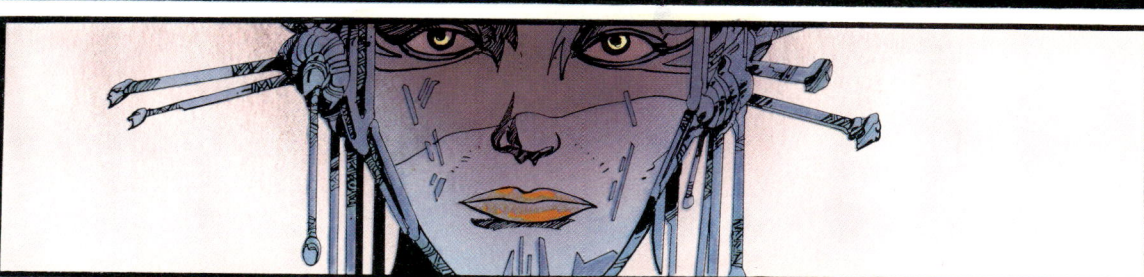

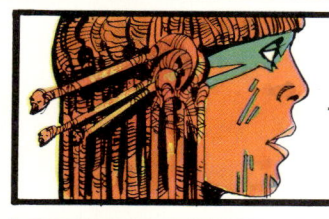

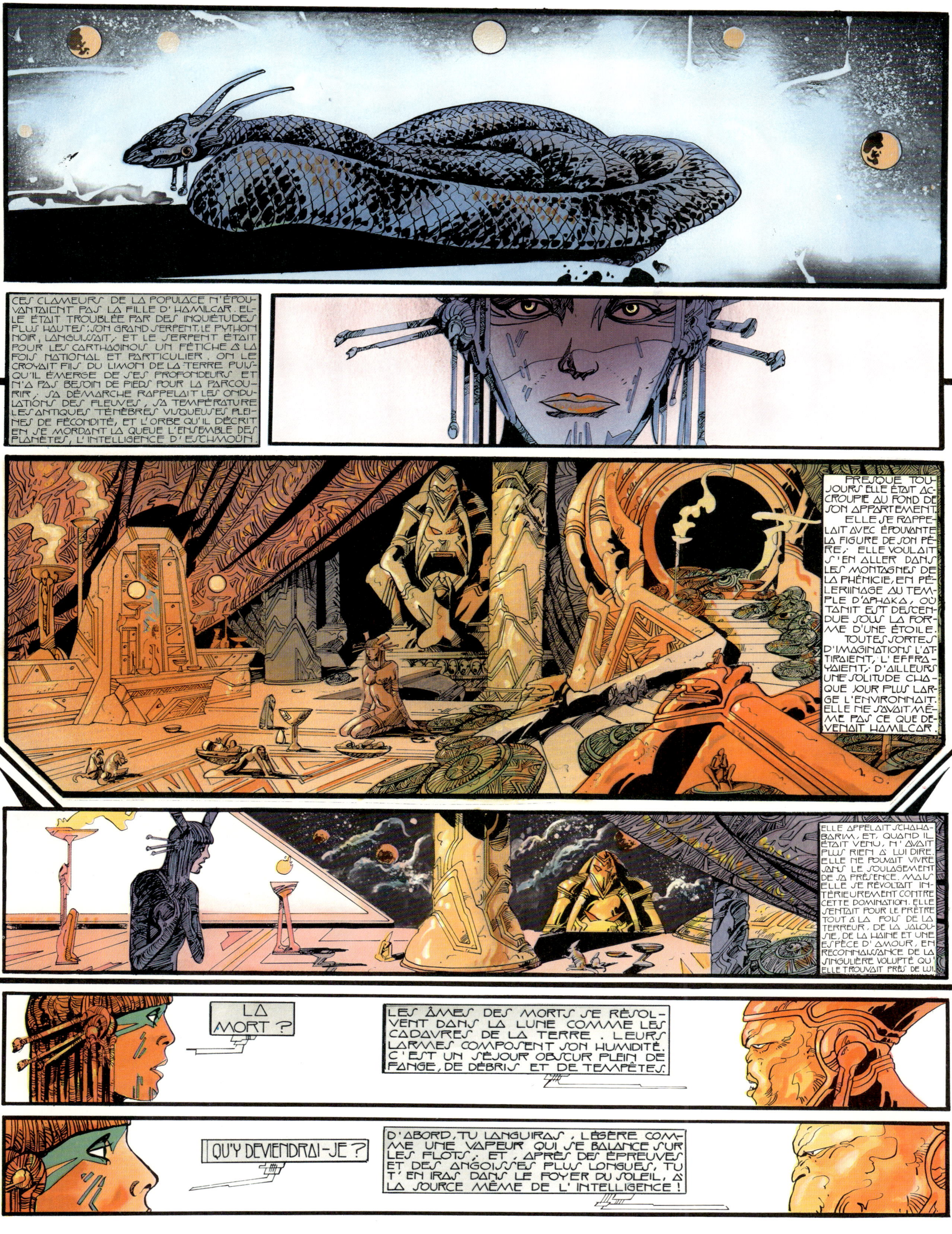

PRESQUE TOU-
JOURS ELLE ÉTAIT AC-
CROUPIE AU FOND DE
SON APPARTEMENT.
ELLE SE RAPPE-
LAIT AVEC ÉPOUVANTE
LA FIGURE DE SON PÈ-
RE; ELLE VOULAIT
S'EN ALLER DANS
LES MONTAGNES DE
LA PHÉNICIE, EN PÈ-
LERINAGE AU TEM-
PLE D'APHAKA, OÙ
TANIT EST DESCEN-
DUE SOUS LA FOR-
ME D'UNE ÉTOILE.
TOUTES SORTES
D'IMAGINATIONS L'AT-
TIRAIENT, L'EFFRA-
YAIENT, D'AILLEURS
UNE SOLITUDE CHA-
QUE JOUR PLUS LAR-
GE L'ENVIRONNAIT.
ELLE NE SAVAIT MÊ-
ME PAS CE QUE DE-
VENAIT HAMILCAR.

ELLE APPELAIT SCHAHA-
BARIM, ET, QUAND IL
ÉTAIT VENU, N'AVAIT
PLUS RIEN À LUI DIRE.
ELLE NE POUVAIT VIVRE
SANS LE SOULAGEMENT
DE SA PRÉSENCE. MAIS
ELLE SE RÉVOLTAIT IN-
TÉRIEUREMENT CONTRE
CETTE DOMINATION. ELLE
SENTAIT POUR LE PRÊTRE
TOUT À LA FOIS DE LA
TERREUR, DE LA JALOU-
SIE, DE LA HAINE ET UNE
ESPÈCE D'AMOUR, EN
RECONNAISSANCE DE LA
SINGULIÈRE VOLUPTÉ QU'
ELLE TROUVAIT PRÈS DE LUI.

| LA MORT ? |

LES ÂMES DES MORTS SE RÉSOL-
VENT DANS LA LUNE COMME LES
CADAVRES DE LA TERRE. LEURS
LARMES COMPOSENT SON HUMIDITÉ.
C'EST UN SÉJOUR OBSCUR PLEIN DE
FANGE, DE DÉBRIS ET DE TEMPÊTES.

| QU'Y DEVIENDRAI-JE ? |

D'ABORD, TU LANGUIRAS, LÉGÈRE COM-
ME UNE VAPEUR QUI SE BALANCE SUR
LES FLOTS; ET, APRÈS DES ÉPREUVES
ET DES ANGOISSES PLUS LONGUES, TU
T'EN IRAS DANS LE FOYER DU SOLEIL, À
LA SOURCE MÊME DE L'INTELLIGENCE !

| IL FAUT QUE TU AILLES CHEZ LES BARBARES REPRENDRE LE ZAÏMPH ! | ES-TU PRÊTE ? OU LEUR AS-TU RECOMMANDÉ DE DIRE À TON PÈRE QUE TU L'ABANDONNAIS ? |

IL LA FIT METTRE À GENOUX, ET, GARDANT LA MAIN GAUCHE LEVÉE ET LA DROITE ÉTENDUE, IL JURA POUR ELLE DE RAPPORTER DANS CARTHAGE LE MANTEAU DE TANIT. AVEC LES IMPRÉCATIONS TERRIBLES ELLE SE DÉVOUAIT AUX DIEUX, ET CHAQUE FOIS QUE SCHAHABARIM PRONONÇAIT UN MOT, EN DÉFAILLANT, ELLE LE RÉPÉTAIT.

PARTIR... MAIS AVANT, ELLE SE DEVAIT AU SERPENT SACRÉ LE GARDIEN DU VOILE VOLÉ. ELLE N'AVAIT CONFIÉ À PERSONNE SA RÉSOLUTION ; POUR L'ACCOMPLIR PLUS DISCRÈTEMENT, ELLE ENVOYA TAANACH ACHETER DANS LE FAUBOURG DE KINISDO (AU LIEU DE LES DEMANDER AUX INTENDANTS TOUTES LES CHOSES QU'IL LUI FALLAIT ; DU VERMILLON, DES AROMATES, UNE CEINTURE DE LIN ET DES VÊTEMENTS NEUFS. LA VIEILLE ESCLAVE S'ÉBAHISSAIT DE CES PRÉPARATIFS SANS OSER POURTANT LUI FAIRE DE QUESTIONS ; ET LE JOUR ARRIVA FIXÉ PAR SCHAHABARIM, OÙ SALAMMBÔ DEVAIT PARTIR

TAANACH, PRÉPARE-MOI !

UNE ÉPOUVANTE INDÉTERMINÉE LA RETENAIT ; ELLE AVAIT PEUR DE MOLOCH, PEUR DE MATHO. CET HOMME À TAILLE DE GÉANT, ET QUI ÉTAIT MAÎTRE DU ZAÏMPH, DOMINAIT LA RABBETNA AUTANT QUE BAAL ET LUI APPARAISSAIT ENTOURÉ DES MÊMES FULGURATIONS ; PUIS L'ÂME DES DIEUX, QUELQUEFOIS, VISITAIT LE CORPS DES HOMMES. SCHAHABARIM, EN PARLANT DE CELUI-LÀ, NE DISAIT-IL PAS QU'ELLE DEVAIT VAINCRE MOLOCH ? ILS ÉTAIENT MÊLÉS L'UN À L'AUTRE ; ELLE LES CONFONDAIT, TOUS LES DEUX LA POURSUIVAIENT.

ELLE DEMANDA À SCHAHABARIM QUE FAIRE SI MATHO REFUSE DE LUI DONNER LE VOILE. LE PRÊTRE LA CONSIDÉRA FIXEMENT ET AVEC UN SOURIRE QU'ELLE N'AVAIT JAMAIS VU. "OUI, COMMENT FAIRE ?" RÉPÉTA SALAMMBÔ.

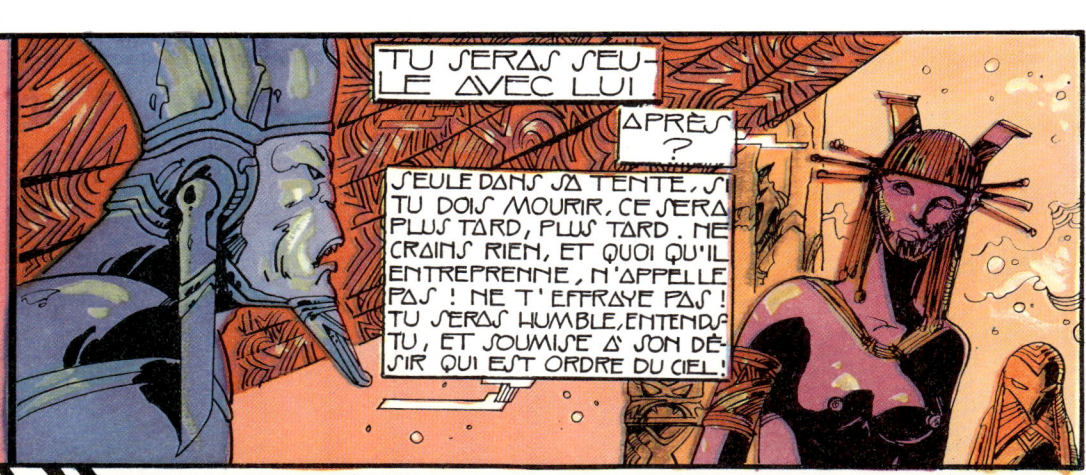

TU SERAS SEULE AVEC LUI

APRÈS ?

SEULE DANS SA TENTE. SI TU DOIS MOURIR, CE SERA PLUS TARD, PLUS TARD. NE CRAINS RIEN, ET QUOI QU'IL ENTREPRENNE, N'APPELLE PAS ! NE T'EFFRAYE PAS ! TU SERAS HUMBLE, ENTENDS TU, ET SOUMISE À SON DÉSIR QUI EST ORDRE DU CIEL !

SALAMMBÔ S'ACCROUPIT SUR LA MARCHE D'ONYX, AU BORD DU BASSIN. ENFIN, TAANACH LUI APPORTA, DANS UNE FIOLE D'ALBÂTRE QUELQUE CHOSE DE LIQUIDE ET DE COAGULÉ. C'ÉTAIT LE SANG D'UN CHIEN NOIR, ÉGORGÉ PAR DES FEMMES STÉRILES UNE NUIT D'HIVER, DANS LES DÉCOMBRES D'UN SÉPULCRE. ELLE S'EN FROTTA LES OREILLES, LES TALONS, LE POUCE DE LA MAIN DROITE, ET MÊME SON ONGLE RESTA UN PEU ROUGE, COMME SI ELLE EUT ÉCRASÉ UN FRUIT. LA LUNE SE LEVA ; ALORS LA CITHARE ET LA FLÛTE, TOUTES LES DEUX À LA FOIS, SE MIRENT À JOUER.

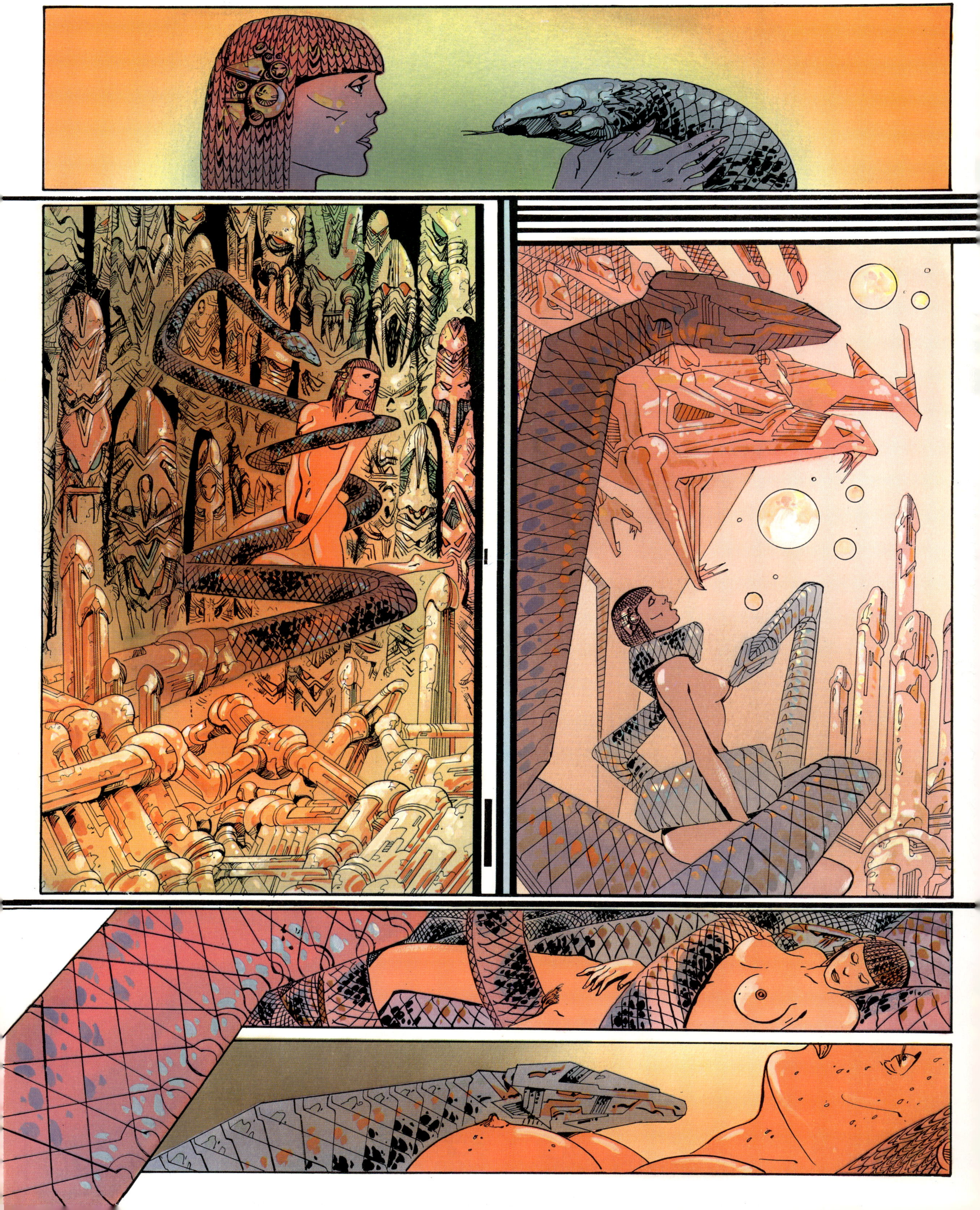

JE DOIS PARTIR QUELQU'UN M'ATTEND

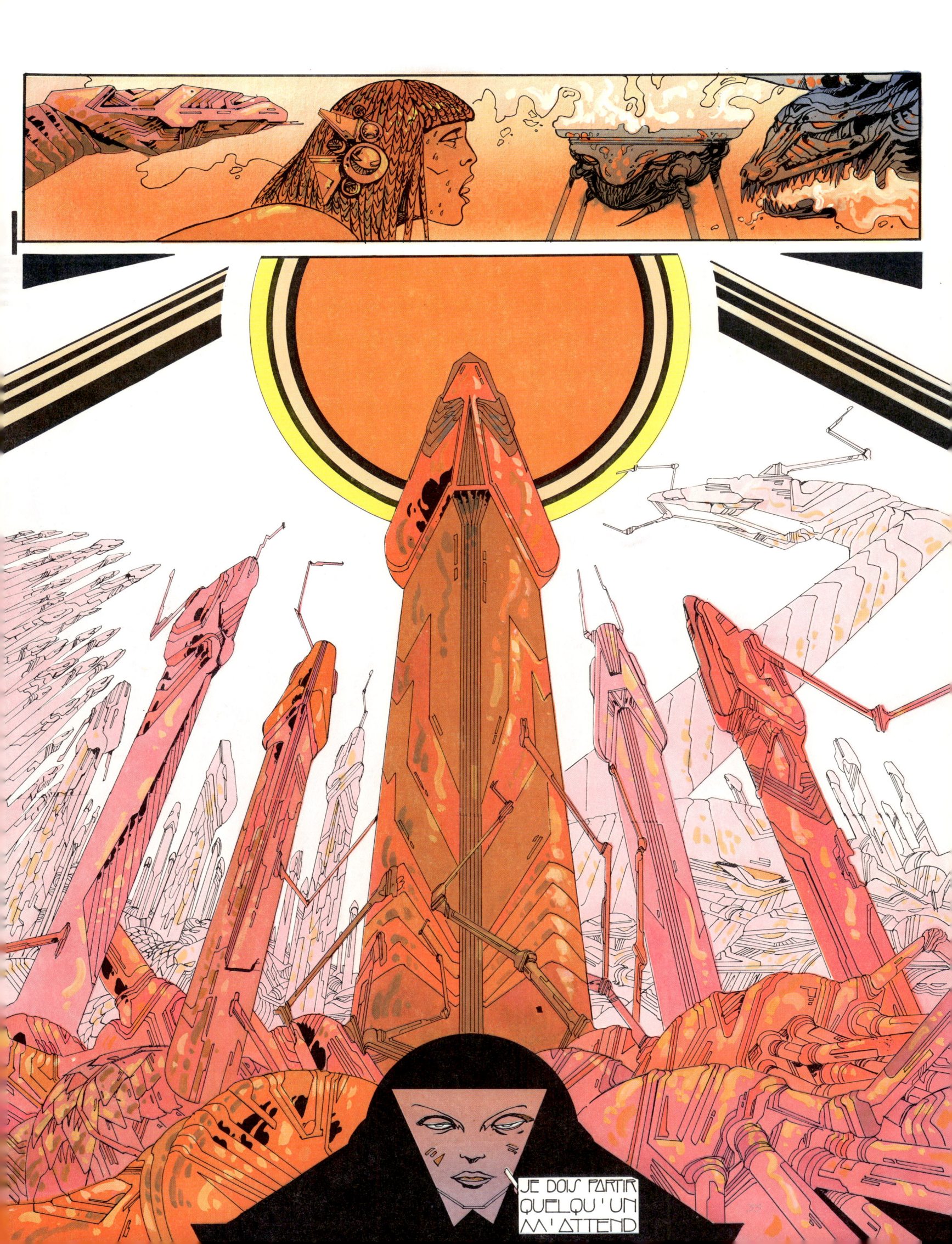

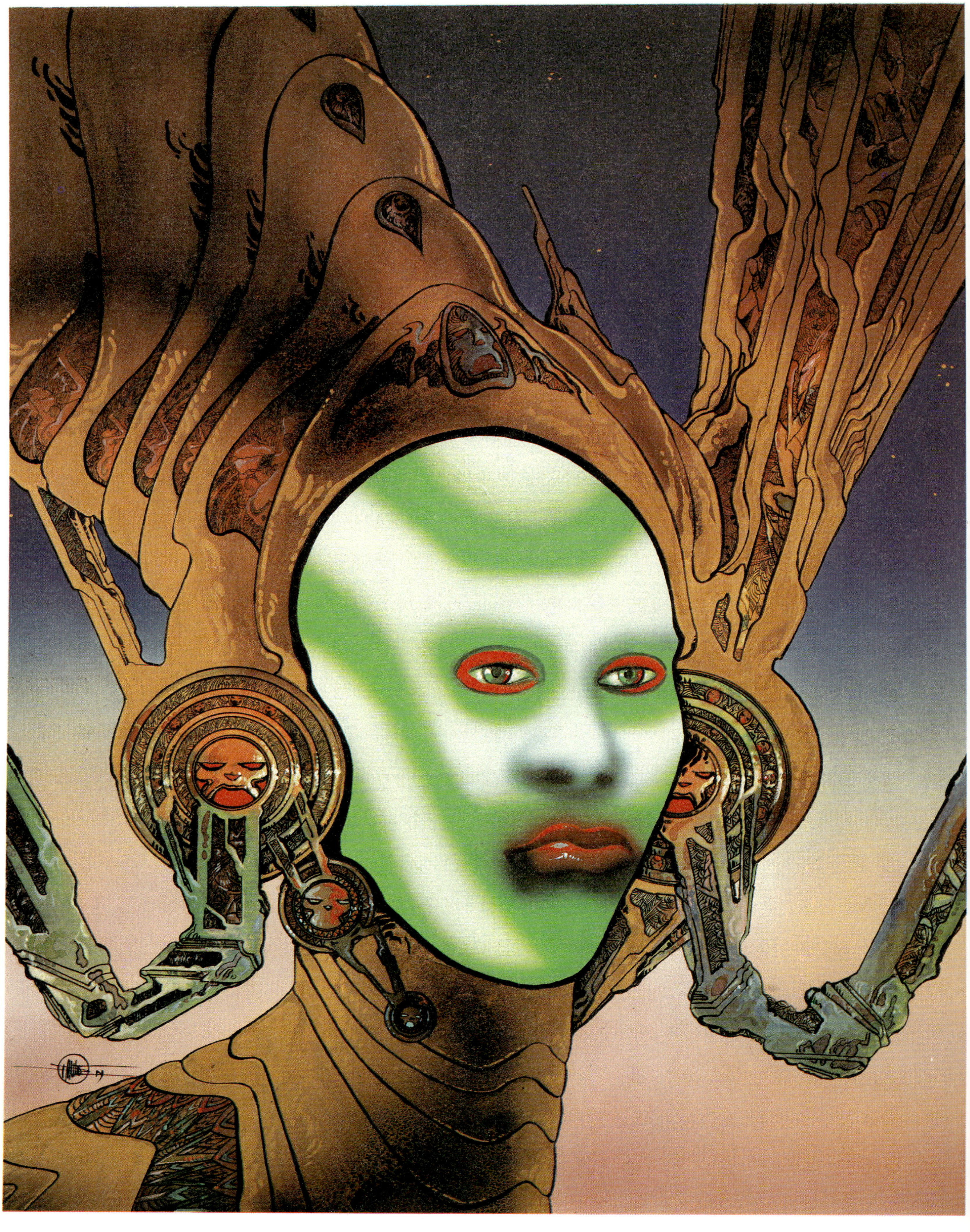

PARTOUT LA LONGUE GUERRE AVAIT SCULPTÉ LE PAYSAGE, DE NOUVELLES COLLINES ÉTAIENT NÉES, ET LES DOIGTS BLANCHIS DES OSSEMENTS INDIQUAIENT À SALAMMBÔ LA ROUTE DU CAMP DE MATHO. PARTOUT LA MORT ÉTAIT LIBRE.

ENTOURÉ DE L'IMMENSE ARMÉE DES MERCENAIRES, LE CAMP D'HAMILCAR SCINTILLAIT DANS LA NUIT.

UN TRANSFUGE DE CARTHAGE DÉSIRE TE VOIR, MATHO.

JE CROIS SAVOIR QUI TU ES POURQUOI VIENS-TU ENFIN ?

POUR LE PRENDRE

TU N'ES DONC VENUE QUE POUR CELA, REPRENDRE LE ZAÏMPH, MOI QUI T'ADORE ET QUI T'ATTENDS, TU N'ES VENUE QUE POUR CELA, COMME TU ES BELLE...

TA MORT !

QUE T'AI-JE DONC FAIT POUR QUE TU VEUILLES MA MORT ?

MOLOCH TU ME BRÛLES !

LA NUIT S'ILLUMINA SOUDAIN DE FLAMMES. HAMILCAR BRÛLAIT LE CAMP D'AUTHARITE. MATHO SE RUA HORS DE LA TENTE. À SON RETOUR, IL VIT QUE SALAMMBÔ AVAIT DISPARU

DANS CETTE MÊME NUIT, NARR'HAVAS AVAIT TRAHI, LUI ET SON ARMÉE S'ÉTAIENT RENDUS A HAMILCAR; NARR'HAVAS DOUTAIT DE LA VICTOIRE DE MATHO. LE SUFFÈTE OUBLIA LA PREMIÈRE TRAHISON DU NUMIDE, TROP HEUREUX DE L'ARRIVÉE DE CETTE NOUVELLE ARMÉE. AU MÊME INSTANT SALAMMBÔ APPARUT, RECOUVERTE DU ZAÏMPH. HAMILCAR VOYANT LE VISAGE DE SA FILLE COMPRIT LE PRIX DU SACRIFICE. IL RÉAGIT SOUDAIN.

EN RÉCOMPENSE DES SERVICES QUE TU M'AS RENDUS, NARR'HAVAS, JE TE DONNE MA FILLE. SOIS MON FILS ET DÉFENDS TON PÈRE !

DOUZE HEURES APRÈS, IL NE RESTAIT PLUS DES MERCENAIRES QU'UN TAS DE BLESSÉS, DE MORTS ET D'AGONISANTS. HAMILCAR, SORTI BRUSQUEMENT DU FOND DE LA GORGE, ÉTAIT REDESCENDU SUR LA PENTE OCCIDENTALE QUI REGARDE HIPPOZARYTE, ET, L'ESPACE PLUS LARGE EN CET ENDROIT, IL AVAIT EU SOIN D'Y ATTIRER LES BARBARES. NARR'HAVAS LES AVAIT ENVELOPPÉS AVEC SES CHEVAUX, LE SUFFÈTE, PENDANT CE TEMPS-LÀ, LES REFOULAIT, LES ÉCRASAIT; PUIS ILS ÉTAIENT VAINCUS D'AVANCE PAR LA PERTE DU ZAÏMPH. CEUX MÊMES QUI NE S'EN SOUCIAIENT AVAIENT SENTI UNE ANGOISSE ET COMME UN AFFAIBLISSEMENT.

IL FALLAIT ENCORE ALLER PLUS LOIN DANS L'HORREUR ET L'AFFRONTEMENT. DÉSORMAIS, TOUTE COMPROMISSION ÉTAIT IMPOSSIBLE, LA DISPARITION D'UN DES DEUX CAMPS ÉTAIT INÉVITABLE. AFFAIBLI À SON TOUR, HAMILCAR SE REPLIA DANS CARTHAGE. TOUT CE QUI RESTAIT DU CONTINENT SE RUA EN UN DERNIER SURSAUT DE HAINE CONTRE CARTHAGE. CETTE GRANDE CARTHAGE, DOMINATRICE DES MERS, SPLENDIDE COMME LE SOLEIL ET EFFRAYANTE COMME UN DIEU, IL SE TROUVAIT DES HOMMES QUI OSAIENT ATTAQUER ! IL Y AVAIT DES AMMONIENS AUX MEMBRES RIDÉS PAR L'EAU CHAUDE DES FONTAINES ; DES ATARANTES QUI MAUDISSENT LE SOLEIL ; DES TROGLODYTES QUI ENTERRENT EN RIANT LEURS MORTS SOUS DES BRANCHES D'ARBRES, ET LES HIDEUX AUSÉENS QUI MANGENT DES SAUTERELLES ; LES ACHYRMACHIDES QUI MANGENT DES POUX, ET LES GYSANTES, PEINTS DE VERMILLON QUI MANGENT DES SINGES.

PUIS DERRIÈRE LES NUMIDES, LES MAURUSIENS ET LES GÉTULES, SE PRESSENT LES HOMMES JAUNÂTRES RÉPANDUS AU-DELÀ DE TAGGIR DANS LES FORÊTS DE CÈDRES. DES CARQUOIS EN POILS DE CHAT LEUR BATTAIENT SUR LES ÉPAULES, ET ILS MENAIENT EN LAISSE DES CHIENS ÉNORMES, AUSSI HAUTS QUE DES ÂNES ET QUI N'ABOYAIENT PAS.

ENFIN, COMME SI L'AFRIQUE NE S'ÉTAIT POINT SUFFISAMMENT VIDÉE, ET QUE, POUR RECUEILLIR PLUS DE FUREURS IL EÛT FALLU PRENDRE JUSQU'AU BAS DES RACES, ON VOYAIT DERRIÈRE TOUS LES AUTRES, DES HOMMES À PROFIL DE BÊTE ET RICANANT D'UN RIRE IDIOT ; - MISÉRABLES RAVAGÉS PAR DE HIDEUSES MALADIES, PYGMÉES DIFFORMES, MULÂTRES D'UN SEXE AMBIGU, ALBINOS DONT LES YEUX ROUGES CLIGNOTAIENT AU SOLEIL TOUT EN BÉGAYANT DES SONS ININTELLIGIBLES, ILS METTAIENT UN DOIGT DANS LEUR BOUCHE POUR FAIRE VOIR QU'ILS AVAIENT FAIM.

L'ARMÉE BARBARE TOUTE ENTIÈRE ENTOURAIT CARTHAGE. LA NUIT VENUE, MATHÔ ET SPENDIUS BRISÈRENT LE LIEN DE VIE ENTRE LA VILLE ET LE MONDE EXTÉRIEUR : ILS DÉTRUISIRENT L'AQUEDUC QUI L'ALIMENTAIT EN EAU. ALORS UNE CLAMEUR LUGUBRE S'ÉLEVA DE LA CITÉ, LES CARTHAGINOIS COMPRIRENT QUE LA FIN ÉTAIT PROCHE. À L'AUBE DU JOUR SUIVANT, L'ULTIME BATAILLE COMMENÇA.

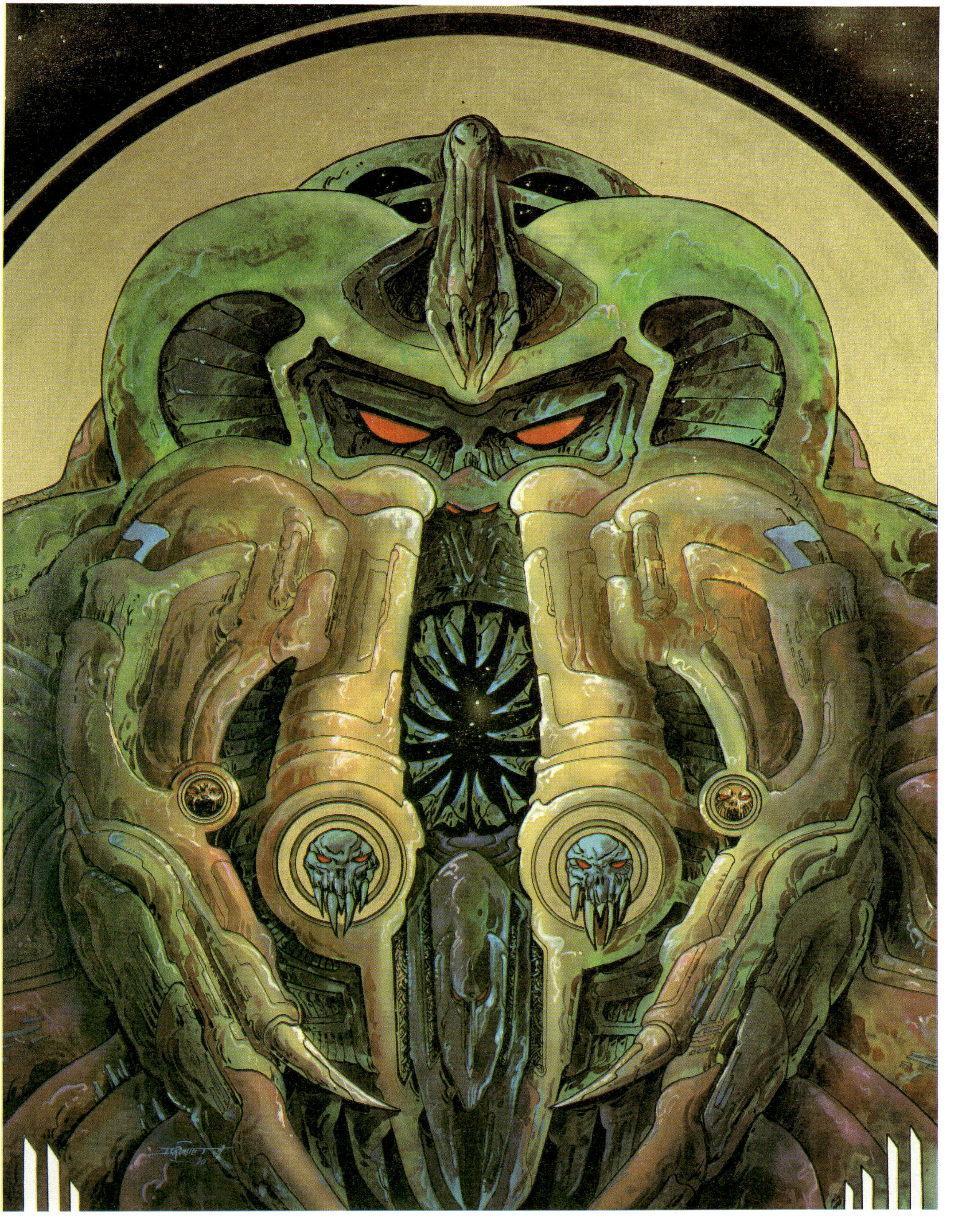

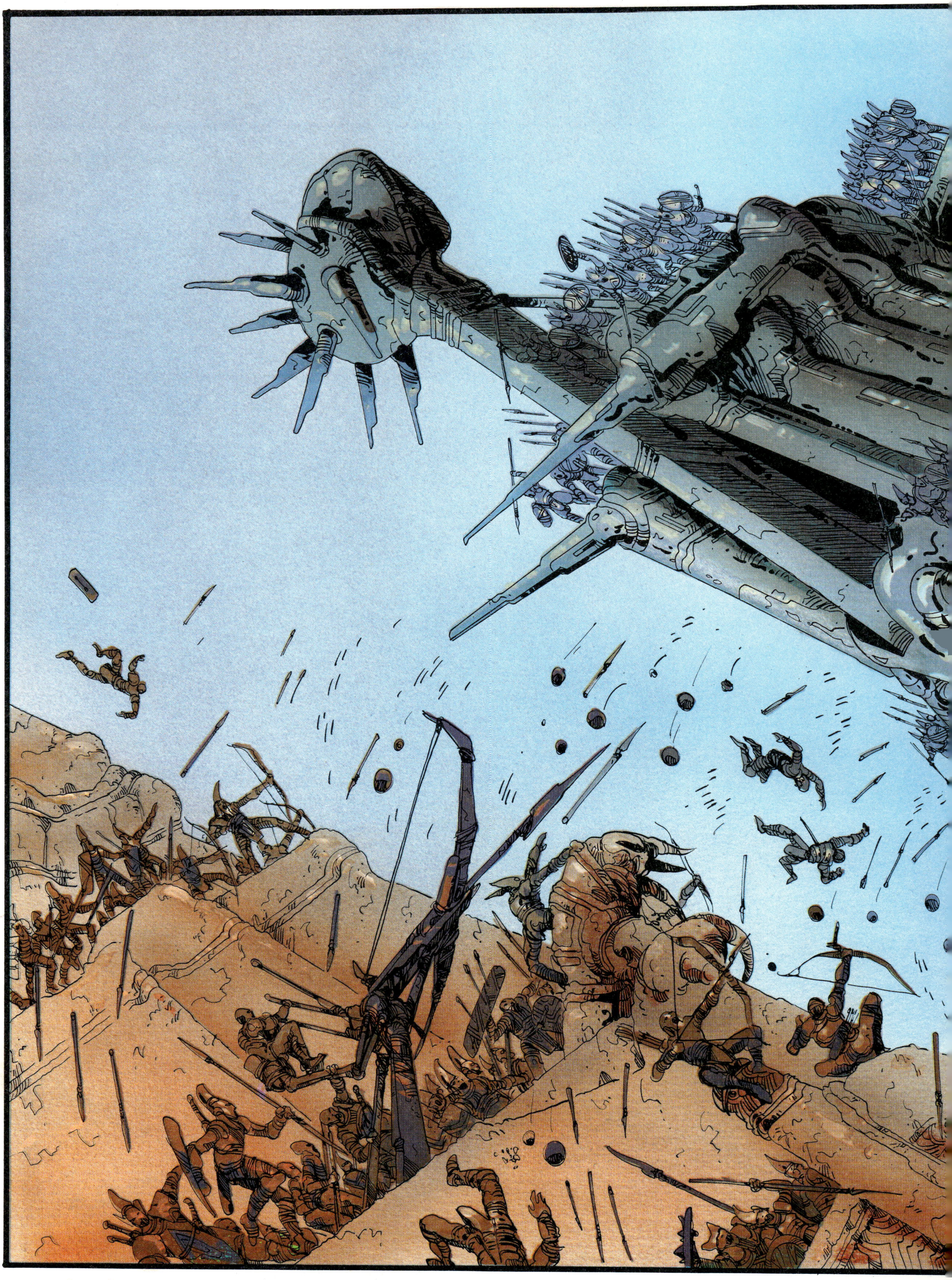

MATHÔ DISPOSA LES TROIS GRANDES CATAPULTES VERS LES TROIS ANGLES PRINCIPAUX, DEVANT CHAQUE PORTE IL PLAÇA UN BÉLIER, DEVANT CHAQUE TOUR UNE BALISTE, ET DES CARROBALISTES CIRCULAIENT PAR DERRIÈRE. MAIS IL FALLAIT LES GARANTIR CONTRE LES FEUX DES ASSIÉGÉS ET COMBLER D'ABORD LE FOSSÉ QUI LES SÉPARAIT DES MURAILLES. LES CARTHAGINOIS SE PRÉPARAIENT AUSSI. HAMILCAR LES AVAIT BIEN VITE RASSURÉS EN DÉCLARANT QU'IL RESTAIT DE L'EAU DANS LES CITERNES POUR CENT VINGT-TROIS JOURS. CETTE AFFIRMATION, SA PRÉSENCE AU MILIEU D'EUX, ET CELLE DU ZAÏMPH SURTOUT, LEUR DONNÈRENT UN BON ESPOIR. CARTHAGE SE RELEVA DE SON ACCABLEMENT. QUELQUES-UNS S'APPROCHAIENT DU REMPART, EN CACHANT SOUS LEURS BOUCLIERS DES POTS DE RÉSINE, PUIS ILS LES LANÇAIENT À TOUR DE BRAS. CETTE GRÊLE DE BALLES, DE DARDS ET DE FEUX PASSAIT PAR-DESSUS LES PREMIERS RANGS ET FAISAIT UNE COURBE QUI RETOMBAIT DERRIÈRE LES MURS. MAIS À LEUR SOMMET, DE LONGUES GRUES À MATER LES VAISSEAUX SE DRESSÈRENT; ET IL EN DESCENDIT DE CES PINCES ÉNORMES QUI SE TERMINAIENT PAR DEUX DEMI-CERCLES DENTELÉS À L'INTÉRIEUR. ELLES MORDIRENT LES BÉLIERS. LES SOLDATS, SE CRAMPONNANT À LA POUTRE, TIRAIENT EN ARRIÈRE. LES CARTHAGINOIS HALAIENT POUR LA FAIRE MONTER; ET L'ENGAGEMENT SE PROLONGEA JUSQU'AU SOIR.

Salammbô n'était plus la même, délaissant le serpent sacré, elle guettait au loin sur les remparts un guerrier aux yeux rouges qui dévorait la ville pour la prendre, elle à son tour, elle n'avait plus peur. Plus le grand serpent semblait dépérir plus Salammbô s'arrondissait. Dans Carthage les cadavres envahissaient les rues, l'eau manquait, les communications avec l'extérieur étaient interceptées par les barbares, une famine intolérable commença, les feux de l'incendie illuminaient la nuit. À chaque jour nouveau l'attaque recommençait.

La machine imaginée par Sloane, la terrible mécanique brisait les portes et les murs, faisant une moisson horrible de fer, de bois et de corps humains.

> MAIS LES ARMES DE LA CARTHAGE ANCIENNE ÉTAIENT TOUJOURS LÀ. LES MURS DE LA VILLE-ÉTOILE ÉTAIENT PORTEURS DE PLUS D'UN PIÈGE... LES MERCENAIRES DURENT ENCORE RECULER.

> LA TERREUR ET L'INCERTITUDE ÉTREIGNAIT CARTHAGE, CETTE LUTTE INTERMINABLE, LES DIEUX S'ÉTAIENT-ILS DÉTOURNÉS DE LA CITÉ. "Ô MOLOCH, MOLOCH LE DÉVASTATEUR, Ô MOLOCH ILS NE RÊVENT PLUS QUE DE TOI". LE CONSEIL FUT RÉUNI, UN SEUL ESPOIR POUR SURVIVRE : LE SACRIFICE ULTIME, CELUI DE TOUS LES ENFANTS DE CARTHAGE ; Ô BAAL PURIFICATEUR, TON OMBRE NOIRE VA ENCORE SE DRESSER SUR LA CITÉ".

> CHŒUR : "HAMILCAR, PÈRE DE LA PATRIE! MOLOCH EXIGE LE SACRIFICE DE NOS ENFANTS AINSI QUE LE TIEN, ROI DE LA GUERRE! TON FILS, DONNE-LE NOUS !"

> JAMAIS !

> UN AUTRE ENFANT! PRENEZ UN AUTRE ENFANT!

HAMILCAR FOU DE DOULEUR, S'EMPARA DU FILS DE L'UN DE SES ESCLAVES LE MAQUILLANT À LA HÂTE IL LE LIVRA AUX PRÊTRES. LES DISPOSITIONS DU SACRIFICE ÉTAIENT DÉJÀ COMMENCÉES. ON ABATTIT DANS LE TEMPLE DE MOLOCH UN PAN DE MUR POUR EN TIRER LE DIEU D'AIRAIN, SANS TOUCHER AUX CENDRES DE L'AUTEL. PUIS, DÈS QUE LE SOLEIL SE MONTRA, LES HIÉRODOULES LE POUSSÈRENT VERS LA PLACE DE KHAMON. IL ALLAIT À RECULONS EN GLISSANT SUR DES CYLINDRES, SES ÉPAULES DÉPASSAIENT LA HAUTEUR DES MURAILLES ; DU PLUS LOIN QU'ILS L'APERCEVAIENT, LES CARTHAGINOIS S'ENFUYAIENT BIEN VITE, CAR ON NE POUVAIT CONTEMPLER IMPUNÉMENT LE BAAL QUE DANS L'EXERCICE DE SA COLÈRE. C'ÉTAIENT LES BAALIM CHANANÉENS, DÉDOUBLEMENTS DU BAAL SUPRÊME, QUI RETOURNAIENT À LEUR PRINCIPE, POUR S'HUMILIER DEVANT SA FORCE ET S'ANÉANTIR DEVANT SA SPLENDEUR.

DE TEMPS EN TEMPS IL ARRIVAIT DES FILES D'HOMMES COMPLÈTEMENT NUS, LES BRAS ÉCARTÉS ET TOUS SE TENANT PAR LES ÉPAULES. ILS TIRAIENT DES PROFONDEURS DE LEUR POITRINE UNE INTONATION RAUQUE ET CAVERNEUSE. LEURS PRUNELLES, TENDUES VERS LE COLOSSE, BRILLAIENT DANS LA POUSSIÈRE ET ILS SE BALANÇAIENT LE CORPS À INTERVALLES ÉGAUX, TOUS À LA FOIS, COMME ÉBRANLÉS PAR UN SEUL MOUVEMENT.

HOMMAGE À TOI, SOLEIL ! ROI DES DEUX ZONES, CRÉATEUR QUI S'ENGENDRE, PÈRE ET MÈRE, PÈRE ET FILS, DIEU ET DÉESSE, DÉESSE ET DIEU !

LES ENFANTS VOILÉS DE NOIR ATTENDAIENT IMMOBILES AU PIED DU MONSTRE, DÉJÀ OUBLIÉ.

PEU À PEU DES GENS ENTRÈRENT JUSQU'AU FOND DES ALLÉES ; ILS LANÇAIENT DANS LA FLAMME DES PERLES, DES VASES D'OR, DES COUPES, DES FLAMBEAUX, TOUTES LEURS RICHESSES, LES OFFRANDES, DE PLUS EN PLUS, DEVENAIENT SPLENDIDES ET MULTIPLIÉES. ENFIN, UN HOMME QUI CHANCELAIT, UN HOMME PÂLE ET HIDEUX DE TERREUR, POUSSA UN ENFANT ; PUIS ON APERÇUT ENTRE LES MAINS DU COLOSSE UNE PETITE MASSE NOIRE ; ELLE S'ENFONÇA DANS L'OUVERTURE TÉNÉBREUSE. LES PRÊTRES SE PENCHÈRENT AU BORD DE LA GRANDE DALLE, — ET UN CHANT NOUVEAU ÉCLATA, CÉLÉBRANT LES JOIES DE LA MORT ET LES RENAISSANCES DE L'ÉTERNITÉ. HAMILCAR FEIGNIT LE PLUS GRAND DÉSESPOIR, ARRACHANT SES VÊTEMENTS LORSQU'IL APERÇUT CELUI QUI ÉTAIT SENSÉ ÊTRE SON FILS.

LES BRAS D'AIRAIN ALLAIENT PLUS VITE. ILS NE S'ARRÊTAIENT PLUS. CHAQUE FOIS QUE L'ON Y POSAIT UN ENFANT, LES PRÊTRES DE MOLOCH ÉTENDAIENT LA MAIN SUR LUI, POUR LE CHARGER DES CRIMES DU PEUPLE VOCIFÉRANT : "CE NE SONT PAS DES HOMMES, MAIS DES BŒUFS !" ET LA MULTITUDE À L'ENTOUR RÉPÉTAIT : "DES BŒUFS ! DES BŒUFS !" LES DÉVOTS CRIAIENT : "SEIGNEUR ! MANGE !" ET LES PRÊTRES DE PROSERPINE, SE CONFORMANT PAR LA TERREUR AU BESOIN DE CARTHAGE, MARMOTTAIENT LA FORMULE ÉLEUSIAQUE : "VERSE LA PLUIE, ENFANTE !"

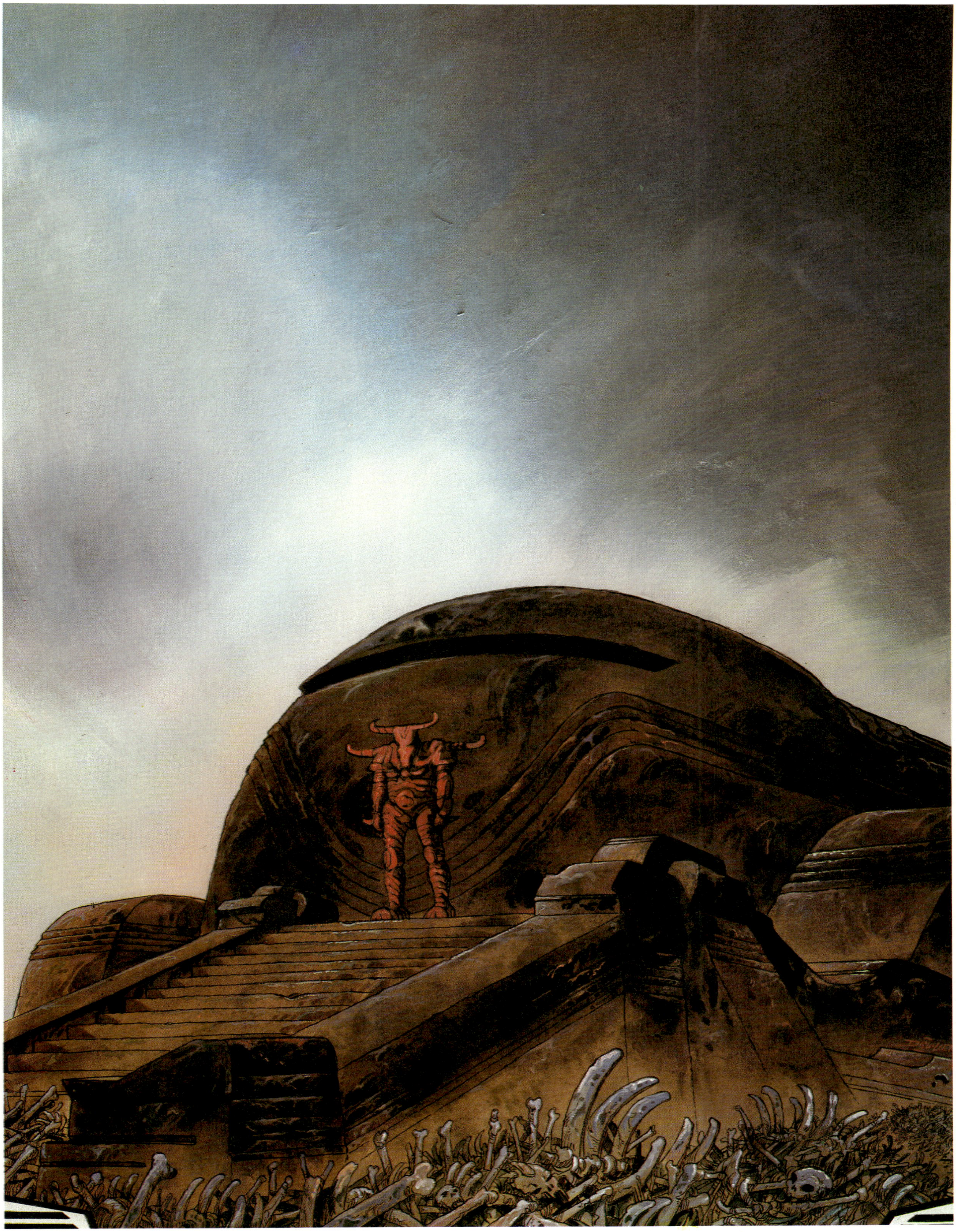

LES VICTIMES A PEINE AU BORD DE L'OUVERTURE DISPARAISSAIENT COMME UNE GOUTTE D'EAU SUR UNE PLAQUE ROUGIE, ET UNE FUMÉE BLANCHE MONTAIT DANS LA GRANDE COULEUR ÉCARLATE. CEPENDANT LE PETIT DU DIEU NE S'APAISAIT PAS. IL EN VOULAIT TOUJOURS, AFIN DE LUI EN FOURNIR DAVANTAGE, ON EMPILA SUR SES MAINS AVEC UNE GROSSE CHAÎNE PAR-DESSUS, DES DÉVOTS QUI SE RETENAIENT AU COMMENCEMENT AVAIENT VOULU LES COMPTER, POUR VOIR SI LEUR NOMBRE CORRESPONDAIT AUX JOURS DE L'ANNÉE SOLAIRE, MAIS ON EN MIT D'AUTRES, ET IL ÉTAIT IMPOSSIBLE DE LES DISTINGUER DANS LE MOUVEMENT VERTIGINEUX DES HORRIBLES BRAS. CELA DURA LONGTEMPS, INDÉFINIMENT JUSQU'AU SOIR. PUIS LES PAROIS INTÉRIEURES PRIRENT UN ÉCLAT PLUS SOMBRE. ALORS ON APERÇUT DES CHAIRS QUI BRÛLAIENT. QUELQUES-UNS MÊME CROYAIENT RECONNAÎTRE DES CHEVEUX, DES MEMBRES, DES CORPS ENTIERS.

LE JOUR TOMBA, DES NUAGES S'AMONCELÈRENT AU-DESSUS DU BAAL. LE BÛCHER, JUSQU'À FLAMMES À PRÉSENT, FAISAIT UNE PYRAMIDE DE CHARBONS JUSQU'À SES GENOUX, COMPLÈTEMENT ROUGE COMME UN GÉANT TOUT COUVERT DE SANG. IL SEMBLAIT, AVEC SA TÊTE QU'IL SE RENVERSAIT, CHANCELER SOUS LE POIDS DE SON IVRESSE.

À MESURE QUE LES PRÊTRES SE HÂTAIENT, LA FRÉNÉSIE DU PEUPLE AUGMENTAIT. LE NOMBRE DES VICTIMES DIMINUANT, LES UNS CRIAIENT DE LES ÉPARGNER, LES AUTRES QU'IL EN FALLAIT ENCORE. ON AURAIT DIT QUE LES MURS CHARGÉS DE MONDE S'ÉCROULAIENT SOUS LES HURLEMENTS D'ÉPOUVANTE ET DE VOLUPTÉ MYSTIQUE. PUIS LES FIDÈLES ARRIVÈRENT DANS LES ALLÉES, TRAÎNANT LEURS ENFANTS QUI S'ACCROCHAIENT À EUX; ET ILS LES BATTAIENT POUR LEUR FAIRE LÂCHER PRISE ET LES REMETTRE AUX HOMMES ROUGES. LES JOUEURS D'INSTRUMENTS QUELQUEFOIS S'ARRÊTAIENT ÉPUISÉS; ALORS ON ENTENDAIT LES CRIS DES MÈRES ET LE GRÉSILLEMENT DE LA GRAISSE QUI TOMBAIT SUR LES CHARBONS. LES BUVEURS DE JUSQUIAME, MARCHANT À QUATRE PATTES, TOURNAIENT AUTOUR DU COLOSSE ET RUGISSAIENT COMME DES TIGRES, LES YIDONIM VATICINAIENT, LES DÉVOUÉS CHANTAIENT AVEC LEURS LÈVRES FENDUES. ON AVAIT ROMPU LES GRILLAGES, TOUS VOULAIENT LEUR PART DU SACRIFICE; — ET LES PÈRES DONT LES ENFANTS ÉTAIENT MORTS AUTREFOIS, JETAIENT DANS LE FEU LEURS EFFIGIES, LEURS JOUETS, LEURS OSSEMENTS CONSERVÉS. QUELQUES-UNS QUI AVAIENT DES COUTEAUX SE PRÉCIPITÈRENT SUR LES AUTRES. ON S'ENTR'ÉGORGEA. AVEC DES VANS DE BRONZE, LES HIÉRODOULES PRIRENT AU BORD DE LA DALLE DES CENDRES TOMBÉES; ET ILS LES LANÇAIENT DANS L'AIR, AFIN QUE LE SACRIFICE S'ÉPARPILLÂT SUR LA VILLE ET JUSQU'À LA RÉGION DES ÉTOILES.

CE GRAND BRUIT ET CETTE GRANDE LUMIÈRE AVAIENT ATTIRÉ LES BARBARES AU PIED DES MURS; SE CRAMPONNANT POUR MIEUX VOIR SUR LES DÉBRIS DE L'HÉLÉPOLE, ILS REGARDAIENT, BÉANTS D'HORREUR.

LA PLUIE, LA PLUIE BUT DU SACRIFICE, Ô MOLOCH, TU AS ENTENDU TON PEUPLE. AVEC DE LA CHAIR TU AS FAIT DE L'EAU. BÉNI SOIS-TU! OUBLIE L'AQUEDUC ET L'EAU QUI INONDAIT MAINTENANT CARTHAGE... REPUE! — LE SIÈGE S'ENLISAIT, HAMILCAR CONFIA LE GOUVERNEMENT À HANNON ET S'ENFUIT À BORD DE SES GALÈRES EMMENANT AVEC LUI SES TROUPES LES PLUS ROBUSTES, ET RALLIA LES VILLES DE LA GRANDE MER. UNE RAISON PLUS PROFONDE FAISAIT SECOURIR CARTHAGE : ON SENTAIT BIEN QUE SI LES MERCENAIRES TRIOMPHAIENT, DEPUIS LE SOLDAT JUSQU'AU LAVEUR D'ÉCUELLES, TOUT S'INSURGEAIT, ET QU'AUCUN GOUVERNEMENT, AUCUNE MAISON NE POURRAIT Y RÉSISTER. LA GRANDE ARMÉE BARBARE S'ÉPUISAIT SUR LES REMPARTS DE CARTHAGE, LES TRIBUS PAR DIZAINES QUITTÈRENT L'ARMÉE DE MATHO POUR RETOURNER AU DÉSERT. MATHO RESTA DEVANT CARTHAGE, SPENDIUS ET AUTHARITE PARTIRENT À LA POURSUITE D'HAMILCAR QUI MENAIT MAINTENANT UNE GUERRE D'USURE, APPARAISSANT ET DISPARAISSANT SANS CESSE. UN JOUR, AUTHARITE ET SPENDIUS CRURENT ENFIN TENIR HAMILCAR QUI S'ENFUYAIT DEVANT EUX ; ILS SE RUÈRENT DANS LE DÉFILÉ DE LA HACHE POUR LE RATTRAPER, LE PIÈGE SE REFERMA SUR EUX. AUX DEUX ENTRÉES LES ROCHES S'ÉBOULÈRENT OBSTRUANT LE PASSAGE ILS COMPRIRENT TROP TARD. NUL NE POUVAIT S'ÉCHAPPER DE CES PAROIS À LA PEAU LISSE.

DONC LES COMBINAISONS DU SUFFÈTE AVAIENT RÉUSSI. AUCUN DES MERCENAIRES NE CONNAISSAIT LA MONTAGNE, ET MARCHANT À LA TÊTE DES COLONNES, ILS AVAIENT ENTRAÎNÉ LES AUTRES. LES ROCHES, UN PEU ÉTROITES PAR LA BASE, S'ÉTAIENT FACILEMENT ABATTUES, ET TANDIS QUE TOUS COURAIENT, SON ARMÉE, DANS L'HORIZON, AVAIT CRIÉ COMME EN DÉTRESSE. HAMILCAR, IL EST VRAI, POUVAIT PERDRE SES VÉLITES, LA MOITIÉ SEULEMENT Y RESTA. IL EN EÛT SACRIFIÉ VINGT FOIS DAVANTAGE POUR LE SUCCÈS D'UNE PAREILLE ENTREPRISE. JUSQU'AU MATIN, LES BARBARES SE POUSSÈRENT EN FILES COMPACTES D'UN BOUT À L'AUTRE DE LA PLAINE. ILS TÂTAIENT LA MONTAGNE AVEC LEURS MAINS, CHERCHANT À DÉCOUVRIR UN PASSAGE.

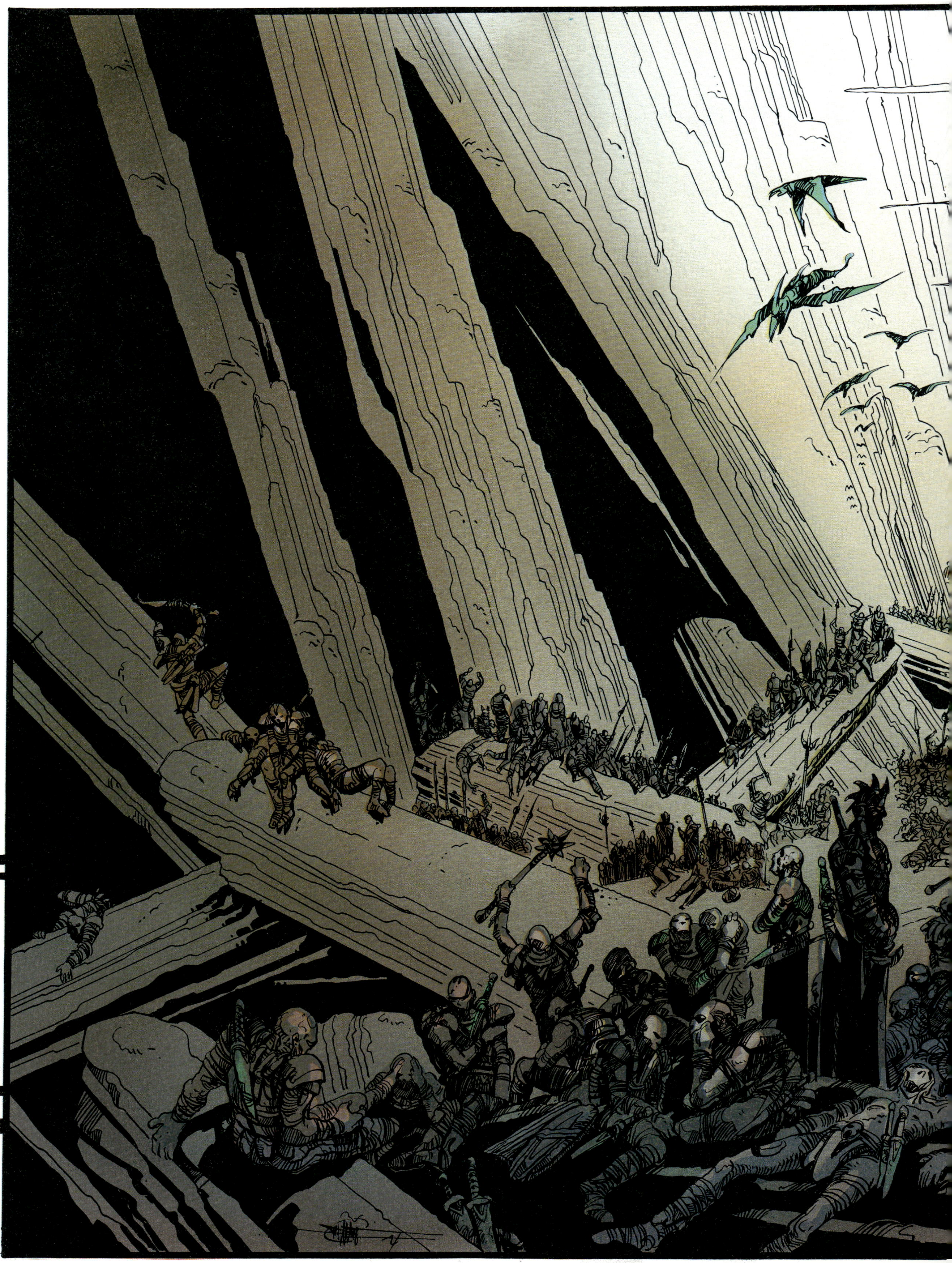

ENFIN LE JOUR SE LEVA. ILS APERÇURENT PARTOUT AUTOUR D'EUX UNE GRANDE MURAILLE BLANCHE, TAILLÉE À PIC, ET PAS UN MOYEN DE SALUT, PAS UN ESPOIR! LES DEUX SORTIES NATURELLES DE CETTE IMPASSE ÉTAIENT FERMÉES PAR LA HERSE ET PAR L'AMONCELLEMENT DES ROCHES. ALORS TOUS SE REGARDÈRENT SANS PARLER. ILS S'AFFAISSÈRENT SUR EUX-MÊMES, EN SE SENTANT UN FROID DE GLACE DANS LES REINS, ET AUX PAUPIÈRES UNE PESANTEUR ACCABLANTE. PRISONNIERS, LES JOURS PASSÈRENT ET LA MORT S'INSTALLA. AINSI, PRÈS DE QUARANTE MILLE HOMMES ALLAIENT MOURIR PAR LA VOLONTÉ D'HAMILCAR, SUFFÈTE DE CARTHAGE. LES MORTS FURENT MANGÉS. BIENTÔT, ILS NE SUFFIRENT PLUS.

EN DIX NEUF JOURS, VINGT MILLE ÉTAIENT MORTS. ALORS HAMILCAR REÇUT DANS SON CAMP SPENDIUS ET AUTHARITE, FEIGNANT DE LES LIBÉRER. IL GARDA SPENDIUS ET LES AUTRES CHEFS. NE VOYANT PAS LEURS AMIS REVENIR, CERTAINES TRIBUS PRISES AU PIÈGE DANS LE DÉFILÉ ARRIVÈRENT À EN ESCALADER LES MURAILLES, LAISSANT LES PLUS FAIBLES DERRIÈRE EUX, MAIS AUSSITÔT ARRIVÉES DANS LA PLAINE HAMILCAR LES EXTERMINA. L'ARMÉE DE SPENDIUS ET D'AUTHARITE UNE FOIS DISPARUE, IL NE RESTAIT PLUS QUE MATHO. HAMILCAR SENTIT LA GUERRE GAGNÉE. IL FIT DONNER IMPATIEMMENT LE DÉPART. NARR'HAVAS SE HÂTA DE PORTER LA BONNE NOUVELLE À SALAMMBÔ.

ELLE ÉCOUTAIT CE JEUNE HOMME À LA VOIX DOUCE ET À LA TAILLE FÉMININE QUI CAPTIVAIT LES YEUX PAR LA GRÂCE DE SA PERSONNE. MAIS L'OMBRE DE MATHO LA HANTAIT, DÉVORAIT SON ÊTRE EN UN IMMENSE DÉSIR DE HAINE ET D'AMOUR.

TE RAPPELLES-TU LES DRAGONS SUR LA ROUTE DE SICCA?

C'ÉTAIENT NOS FRÈRES!

AINSI MOURURENT SPENDIUS ET AUTHARITE. HAMILCAR DÉPÊCHA L'ARMÉE D'HANNON CONTRE MATHO. MATHO ÉCRASA À SON TOUR HANNON. IL FIT ALORS CRUCIFIER LE VIEUX SUFFÈTE AINSI QUE TRENTE DES ANCIENS DE CARTHAGE QUI L'AVAIENT ACCOMPAGNÉ HAMILCAR, QUI EN AVAIT FAIT DE MÊME AVEC SPENDIUS ET LES CHEFS DES TRIBUS, FUT STUPÉFAIT DE L'AUDACE DU MERCENAIRE, DE SA VICTOIRE, ET SURTOUT DU SACRILÈGE COMMIS SOUS LES YEUX DE CARTHAGE. MATHO LUI INSPIRAIT UNE CRAINTE OBSCURE, QUELQUE CHOSE QU'IL NE POUVAIT VRAIMENT DÉFINIR. CES PEUPLES PRIS DE FOLIE S'AFFRONTAIENT PAR CRUCIFIÉS INTERPOSÉS. PLUS DE LIMITES À LA FOLIE DE VAINCRE!

L'ARMÉE PUNIQUE FOUDROYÉE PAR CET ACTE TERRIBLE, CONVAINCUE SOUDAIN DE LA VICTOIRE DU MERCENAIRE, PLIA ENCORE DEVANT MATHO QUI FIT DES RAVAGES DANS LES RANGS DES NUMIDES DE NARR'HAVAS. UNE VAGUE DE TERREUR SUBMERGEA LES CARTHAGINOIS. NARR'HAVAS ENVOYÉ PAR HAMILCAR ÉTAIT VAINCU.

MATHO AYANT ANÉANTI L'ARMÉE NUMIDE SE RETIRA SUR LA MONTAGNE DES EAUX CHAUDES, ATTENDANT L'ARRIVÉE D'HAMILCAR BARCA.

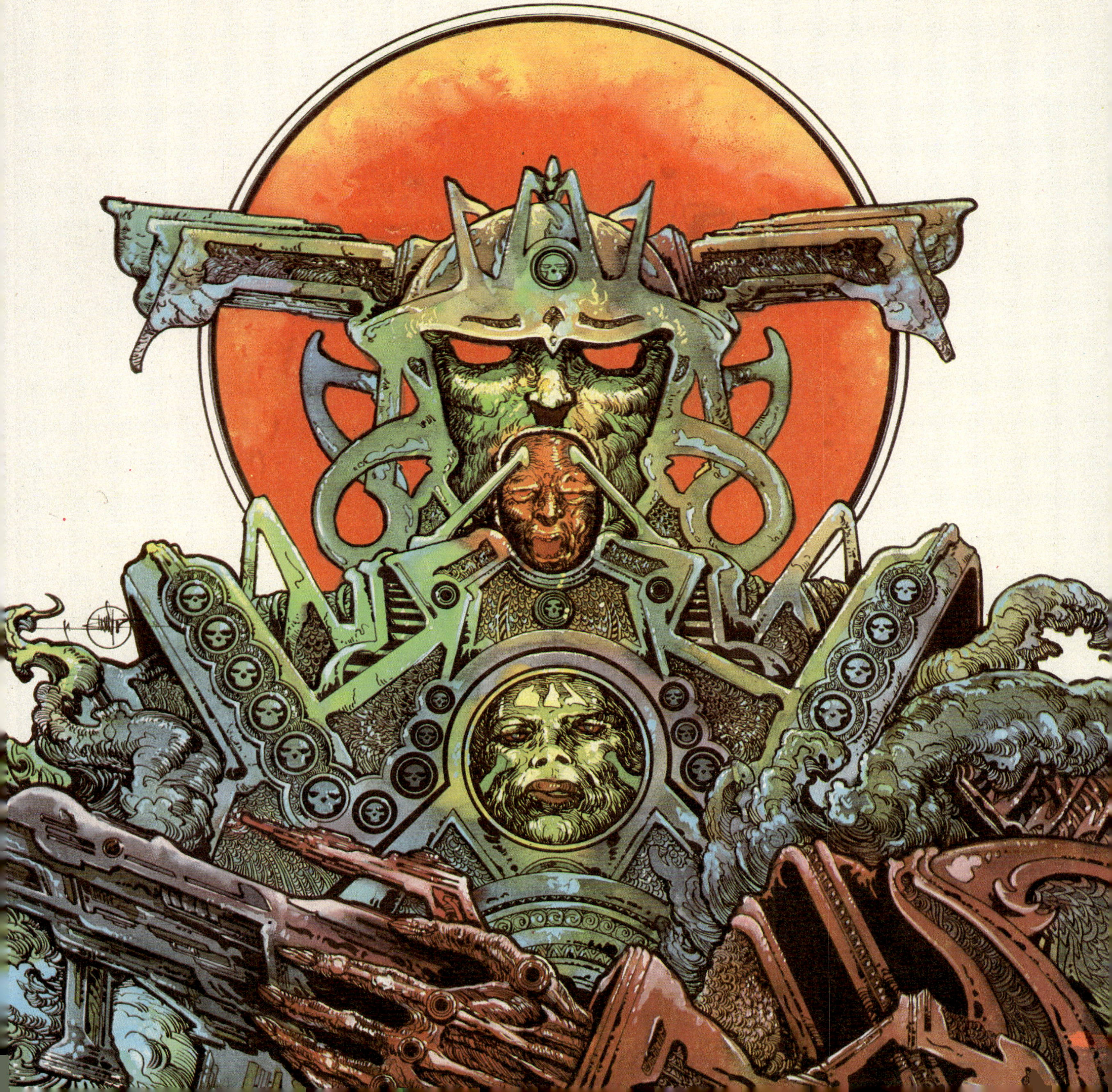

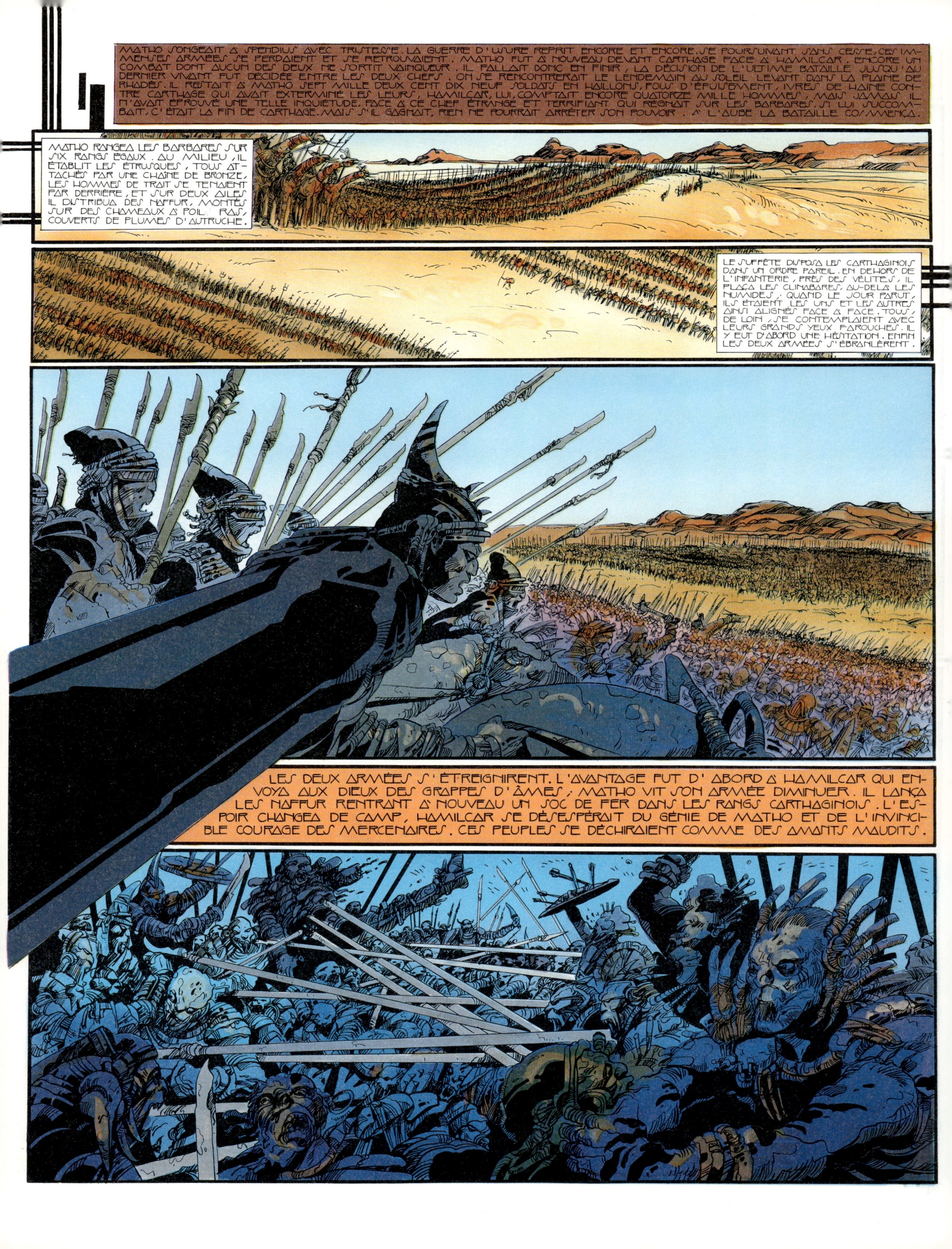

MATHO SONGEAIT À SPENDIUS AVEC TRISTESSE. LA GUERRE D'USURE REPRIT ENCORE ET ENCORE. SE POURSUIVANT SANS CESSE, CES IMMENSES ARMÉES SE PERDAIENT ET SE RETROUVAIENT. MATHO FUT À NOUVEAU DEVANT CARTHAGE FACE À HAMILCAR. ENCORE UN COMBAT DONT AUCUN DES DEUX NE SORTIT VAINQUEUR. IL FALLAIT DONC EN FINIR. LA DÉCISION DE L'ULTIME BATAILLE JUSQU'AU DERNIER VIVANT FUT DÉCIDÉE ENTRE LES DEUX CHEFS. ON SE RENCONTRERAIT LE LENDEMAIN AU SOLEIL LEVANT DANS LA PLAINE DE RHADÈS. IL RESTAIT À MATHO SEPT MILLE DEUX CENT DIX NEUF SOLDATS EN HAILLONS, FOUS D'ÉPUISEMENT, IVRES DE HAINE CONTRE CARTHAGE QUI AVAIT EXTERMINÉ LES LEURS. HAMILCAR, LUI, COMPTAIT ENCORE QUATORZE MILLE HOMMES. MAIS JAMAIS IL N'AVAIT ÉPROUVÉ UNE TELLE INQUIÉTUDE FACE À CE CHEF ÉTRANGE ET TERRIFIANT QUI RÉGNAIT SUR LES BARBARES. S'IL LUI SUCCOMBAIT, C'ÉTAIT LA FIN DE CARTHAGE. MAIS S'IL GAGNAIT, RIEN NE POURRAIT ARRÊTER SON POUVOIR. À L'AUBE LA BATAILLE COMMENÇA.

MATHO RANGEA LES BARBARES SUR SIX RANGS ÉGAUX. AU MILIEU IL ÉTABLIT LES ÉTRUSQUES, TOUS ATTACHÉS PAR UNE CHAÎNE DE BRONZE. LES HOMMES DE TRAIT SE TENAIENT PAR DERRIÈRE, ET SUR DEUX AILES IL DISTRIBUA DES NAFFUR, MONTÉS SUR DES CHAMEAUX À POIL RAS, COUVERTS DE PLUMES D'AUTRUCHE.

LE SUFFÈTE DISPOSA LES CARTHAGINOIS DANS UN ORDRE PAREIL. EN DEHORS DE L'INFANTERIE, PRÈS DES VÉLITES, IL PLAÇA LES CLINABARES, AU-DELÀ LES NUMIDES. QUAND LE JOUR PARUT, ILS ÉTAIENT LES UNS ET LES AUTRES AINSI ALIGNÉS FACE À FACE. TOUS DE LOIN SE CONTEMPLAIENT AVEC LEURS GRANDS YEUX FAROUCHES. IL Y EUT D'ABORD UNE HÉSITATION. ENFIN LES DEUX ARMÉES S'ÉBRANLÈRENT.

LES DEUX ARMÉES S'ÉTREIGNIRENT. L'AVANTAGE FUT D'ABORD À HAMILCAR QUI ENVOYA AUX DIEUX DES GRAPPES D'ÂMES. MATHO VIT SON ARMÉE DIMINUER. IL LANÇA LES NAFFUR RENTRANT À NOUVEAU UN SOC DE FER DANS LES RANGS CARTHAGINOIS. L'ESPOIR CHANGEA DE CAMP, HAMILCAR SE DÉSESPÉRAIT DU GÉNIE DE MATHO ET DE L'INVINCIBLE COURAGE DES MERCENAIRES. CES PEUPLES SE DÉCHIRAIENT COMME DES AMANTS MAUDITS.

ALORS, ENCORE UNE FOIS, LE DESTIN FRAPPA EN FAVEUR D'HAMILCAR. UN LARGE BRUIT DE TAMBOURINS ÉCLATA À L'HORIZON, LA VILLE ENTIÈRE DE CARTHAGE, FEMMES, ENFANTS, VIEILLARDS, SOUS LA CONDUITE DU DERNIER ÉLÉPHANT DE L'ARMÉE DE CARTHAGE, SEUL SURVIVANT DE CETTE TERRIBLE GUERRE, DÉFERLA SUR LES MERCENAIRES.

IL SEMBLA AUX CARTHAGINOIS QUE LA PATRIE ABANDONNANT SES MURAILLES VENAIT LEUR COMMANDER DE MOURIR POUR ELLE. UN REDOUBLEMENT DE FUREUR LES SAISIT, ET LES NUMIDES ENTRAÎNÈRENT TOUS LES AUTRES. LES BARBARES, AU MILIEU DE LA PLAINE, S'ÉTAIENT ADOSSÉS CONTRE UN MONTICULE. ILS N'AVAIENT AUCUNE CHANCE DE VAINCRE, PAS MÊME DE SURVIVRE.

MAIS C'ÉTAIENT LES MEILLEURS, LES PLUS INTRÉPIDES ET LES PLUS FORTS. LES GENS DE CARTHAGE SE MIRENT À ENVOYER, PAR-DESSUS LES NUMIDES, DES BROCHES, DES LARDOIRES, DES MARTEAUX. CEUX DONT LES CONSULS AVAIENT EU PEUR MOURAIENT SOUS DES BÂTONS LANCÉS PAR DES FEMMES. LA POPULACE PUNIQUE EXTERMINAIT LES MERCENAIRES.

ILS S'ÉTAIENT RÉFUGIÉS SUR LE HAUT DE LA COLLINE. LEUR CERCLE, À CHAQUE BRÈCHE NOUVELLE, SE REFERMAIT. DEUX FOIS IL DESCENDIT, UNE SECOUSSE LE REPOUSSAIT AUSSITÔT, ET LES CARTHAGINOIS, PÊLE-MÊLE, ÉTENDAIENT LES BRAS, ILS ALLONGEAIENT LEURS PIQUES ENTRE LES JAMBES DE LEURS COMPAGNONS ET FOUILLAIENT AU HASARD DEVANT EUX. ILS GLISSAIENT DANS LE SANG. LA PENTE DU TERRAIN TROP RAPIDE FAISAIT ROULER EN BAS LES CADAVRES. L'ÉLÉPHANT QUI TÂCHAIT DE GRAVIR LE MONTICULE EN AVAIT JUSQU'AU VENTRE, ON AURAIT DIT QU'IL S'ÉTALAIT DESSUS AVEC DÉLICES, ET SA TROMPE ÉCOURTÉE, LARGE DU BOUT, DE TEMPS À AUTRE SE LEVAIT, COMME UNE ÉNORME SANGSUE.

BIENTÔT ILS NE FURENT PLUS QUE CINQUANTE, PUIS QUE VINGT, QUE TROIS, QUE DEUX, MATHO ENFIN RESTA SEUL.

RRRAAAARRRR...

C'ÉTAIT LA FIN D'UN BEAU RÊVE. HAMILCAR AVAIT GAGNÉ, LE POUVOIR DOMINATEUR DE CARTHAGE CONTINUERAIT. LE CALME SE FIT SUR L'OCÉAN DE MORTS...

PENDANT QUE LES DERNIERS SURVIVANTS DU DÉFILÉ DE LA HACHE ÉTAIENT DÉVORÉS PAR LES LIONS DU DÉSERT, CARTHAGE SE PRÉPARAIT À CÉLÉBRER DANS L'ALLÉGRESSE LE MARIAGE DE SALAMMBÔ ET DE NARR'HAVAS, LEUR CADEAU SERAIT LA MORT DE MATHO. HAMILCAR AVAIT DÉCIDÉ QUE LA VILLE ENTIÈRE PARTICIPERAIT À LA MORT DU HÉROS. VINT LE JOUR DU SACRIFICE. MOLOCH AVAIT VAINCU.

L'HOMME NU APPARUT AU SEUIL DU GRAND TEMPLE.

LE CARNAGE SE DÉCHAÎNA SUR CELUI QUI AVAIT FAIT TREMBLER CARTHAGE. LA FOULE DEVINT UNE GRIFFE GIGANTESQUE, UN CHIEN HURLANT "QU'IL MEURE !" UN VASTE ABOIEMENT SECOUAIT CETTE MARÉE HUMAINE. STATUE DE CHAIR VIVE, IL NE CESSAIT DE TOMBER ET DE RETOMBER, MAIS AVANÇANT TOUJOURS, IL REFUSAIT DE MOURIR. IL SE TROUVA ENFIN DEVANT SALAMMBÔ.

DÈS LE PREMIER PAS QU'IL A-
VAIT FAIT, ELLE S'ÉTAIT LEVÉE
PUIS, INVOLONTAIREMENT, À ME-
SURE QU'IL SE RAPPROCHAIT,
ELLE S'ÉTAIT AVANCÉE PEU À
PEU JUSQU'AU BORD DE LA TER-
RASSE; ET BIENTÔT, TOUTES LES
CHOSES EXTÉRIEURES S'EFFA-
ÇANT, ELLE N'AVAIT APERÇU QUE
MATHO. UN SILENCE S'É-
TAIT FAIT DANS SON ÂME,—UN DE CES
ABÎMES OÙ LE MONDE ENTIER
DISPARAÎT SOUS LA PRESSION D'UNE
PENSÉE UNIQUE, D'UN SOUVENIR,
D'UN REGARD. CET HOMME, QUI
MARCHAIT VERS ELLE, L'ATTIRAIT.

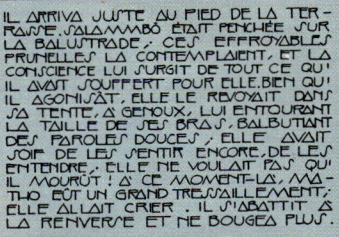

IL ARRIVA JUSTE AU PIED DE LA TER-
RASSE. SALAMMBÔ ÉTAIT PENCHÉE SUR
LA BALUSTRADE; CES EFFROYABLES
PRUNELLES LA CONTEMPLAIENT, ET LA
CONSCIENCE LUI SURGIT DE TOUT CE QU'
IL AVAIT SOUFFERT POUR ELLE. BIEN QU'
IL AGONISÂT, ELLE LE REVOYAIT DANS
SA TENTE, À GENOUX, LUI ENTOURANT
LA TAILLE DE SES BRAS, BALBUTIANT
DES PAROLES DOUCES; ELLE AVAIT
SOIF DE LES SENTIR ENCORE, DE LES
ENTENDRE; ELLE NE VOULAIT PAS QU'
IL MOURÛT. À CE MOMENT-LÀ, MA-
THO EUT UN GRAND TRESSAILLEMENT;
ELLE ALLAIT CRIER. IL S'ABATTIT À
LA RENVERSE ET NE BOUGEA PLUS.

AINSI MOURUT LA FILLE
D'HAMILCAR POUR AVOIR
TOUCHÉ AU MANTEAU DE
TANIT.

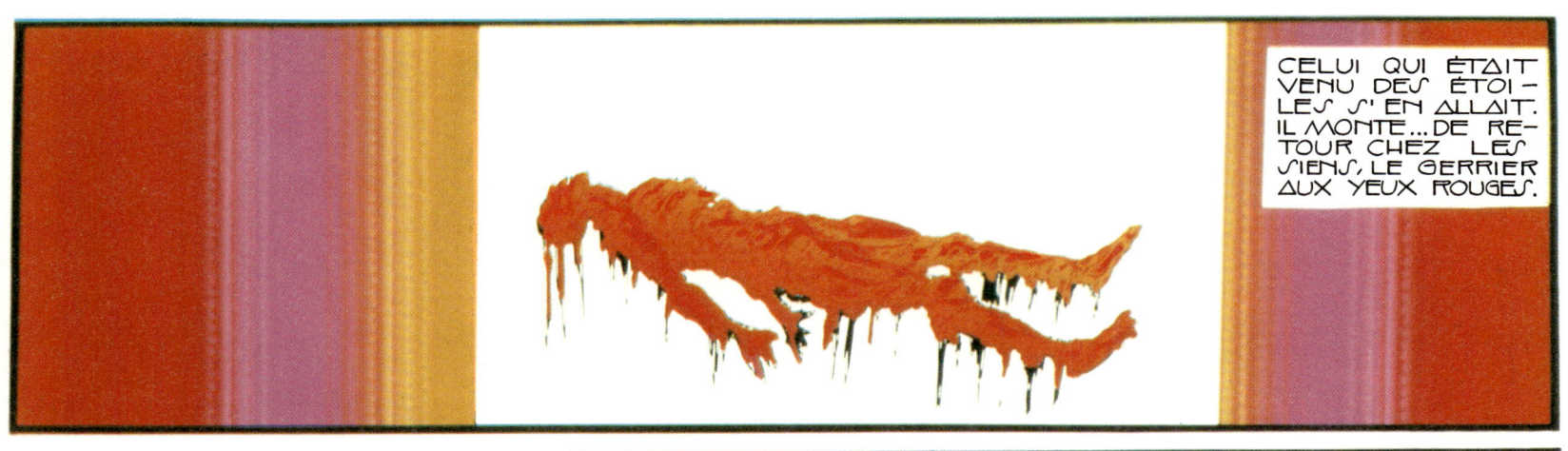

CELUI QUI ÉTAIT VENU DES ÉTOILES S'EN ALLAIT. IL MONTE... DE RETOUR CHEZ LES SIENS, LE GERRIER AUX YEUX ROUGES.

IL VIT ENCORE... JAMAIS INSTANT NE FUT PLUS PRÉCIEUX, TANT DE TEMPS POUR TE RETROUVER, SLOANE, ET TE VOIR AINSI. DANS QUELLE FOLIE T'ES-TU PERDU ?

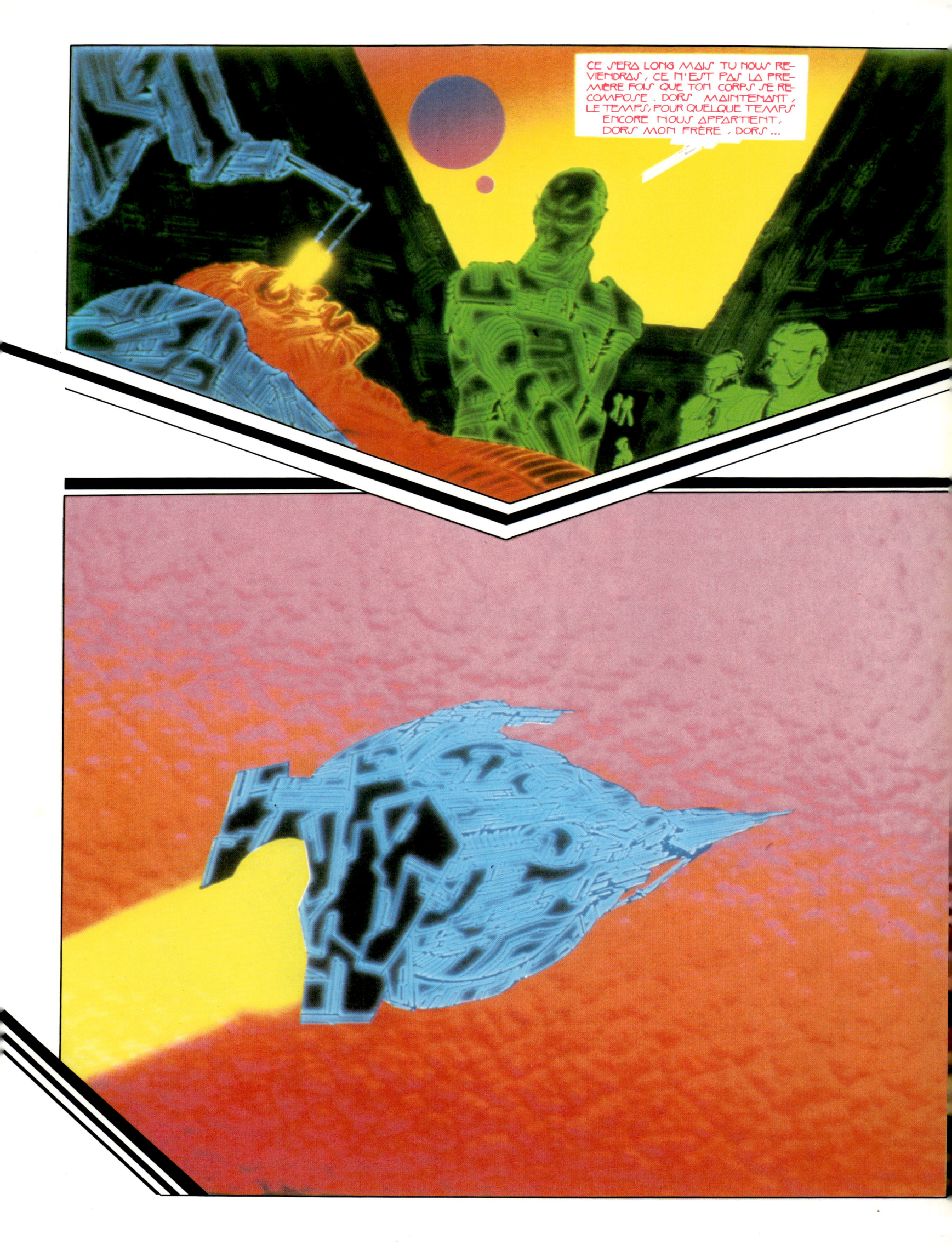

> CE SERA LONG MAIS TU NOUS REVIENDRAS, CE N'EST PAS LA PREMIÈRE FOIS QUE TON CORPS SE RECOMPOSE. DORS MAINTENANT, LE TEMPS, POUR QUELQUE TEMPS ENCORE NOUS APPARTIENT. DORS MON FRÈRE, DORS...